麗しのオメガと卑しいアルファ
～カースト逆転オメガバース～

HASEO HANYUBASHI

羽生橋はせを

CHOCOLAT BUNKO

ILLUSTRATION 羽純ハナ

C O N T E N T S

どうしても勝てない相手がいる。

何よりも覚えているのは彼の背中だ。

厳しい父にこれから叱られなければならないとき。近所の子どもたちに小突かれて泣いているとき。彼はいつもそばにいてくれた。

彼の背中は心細い気持ちがバターのように溶けて消えるお守りだった。同時に、悔しくて、情けなくて、恥ずかしかったもの。


「グウィン、やっぱりこわいよ。おねがいだからついてきて」

「一人で行くんじゃなかったの?」

「最初はそのつもりだったけど、やっぱりだめ。僕、こんどこそ家を追い出されちゃう」

いったい何度、彼とこんなやりとりをしたのだろう。グウィン——グウィディオン・オルコットもきっと飽き飽きしているんじゃないか、とアランロド・フェネリーは思う。もう十三歳になるというのに、アランはしゃくりあげながらグウィンの制服にすがりついてしまった。

グウィンの家の鶏と遊ぼうとして、一羽逃がしてしまったのだ。鶏は、薬草にたかる虫や雑草を食べさせるために、オルコット家で飼われている。

グウィンの父は、薬草の栽培や研究を行っていて、ここグランプリュス国カラモス領内で代々個人診療所を営んでいるフェネリー家とは家族ぐるみの付き合いだ。家が近いこともあり、親友である父親たちを見て育ったアランとグウィンもまた、幼い時から仲がよかった。

オルコット氏は笑って許してくれたが、アランの父はきっと、そうはいかないだろう。いずれ耳に入ることだとしても、事の顛末《てんまつ》を話さないわけにはいかない。

最初は一人で行こうと思っていたが、父の居室の扉をノックする直前で怖くなってしまったのだ。

「君を追い出すなんて、君のお母様が許すわけないよ」

「そうかもしれないけど」

アランが安心するように、グウィンはいつも少しかがんで目線を合わせてくれる。その目に呆れが宿っていないか、アランはおびえた。

けれど、青みがかった灰色の瞳は、いつものように優しい光をたたえている。その瞳を見ると、アランはほっとする。

「たしかにフェネリー先生は厳しい方だけど、息子を寒空に放り出すような人じゃない。君のお父様の愛の深さは、他人である俺でさえ知っている。君にもわからないはずはない。そうだろう？　アランロド」

勇気づけるように言われてようやく、不安な気持ちが少しずつ和らいでくる。そして、すぐに恥ずかしさでいっぱいになる。

いつもこうだ。

何か心配事がある時は、グウィンがいないと足がすくんでしまう。誰かに謝りに行く前などは、グウィンになだめてもらわないと、最初の一言すら出てこない。

毎回飽きもせず付き合ってくれるグウィンの優しさが嬉しい反面、そうでもしないと勇気が出せない自分が恥ずかしかった。

手をつないでついてきてもらい、おそるおそるドアを開け、アランは事の顛末を父にたどたどしく説明した。グウィンの父にはすでに許してもらったことを彼が口添えしてくれる。

グウィンの予想したとおり、父は二、三小言を言い、アランの小遣いで鶏を弁償するよう指示しただけだった。そして、あらためてオルコット氏に謝りに行こう、とコートを羽織った。

泣きはらした目でグウィンの方を見ると、彼は父に見られないようににっこりと笑ってくれた。ほっとする。つないだ手からも、グウィンの優しさが伝わってくる。

「それにしても……」

父は落胆のため息を深く吐いた。

「もう十三になったのだろう。いいかげんグウィディオンに頼るのをやめなさい」

その一言でアランの指先は冷たくなった。反対に、顔には血が集まって耳までかぁっと熱くなる。

自分でもわかっていた。けれど、父に指摘されると、子どもじみているばかりではなく恥ずかしいことなのだという自覚が生まれる。

普段なら、グウィンがいる安心をとって少しの恥ずかしさには目をつむるが、今日ばかりはやり過ごすことができなかった。

父の言うとおりだ。いつまでグウィンの背中に守られて、助けてもらわなきゃならないのだろう。グウィンの優しさに甘えて、今日まで来てしまった。彼の助けなしにできることが、自分にいくつある？

彼とはたった一歳しか違わないのに、どうしてこうも差があるんだろう。

オルコット邸へ歩いていく父の後に続き、手を引いてくれるグウィンの背を見つめながら、アランはじわじわと身を焦がすようなやるせなさを噛みしめた。

グウィディオンはアランよりずっと大人びていた。同年代はもちろんのこと、大人たちも含め町で誰よりも利発な少年だった。

図書館の本をすべて読み終えたとか、薬草学の知識は大人でさえ太刀打《たちう》ちできないとか。そんな尾ひれがついた噂も出たが、グウィンならやりかねないとアランは思う。すでにオルコット氏の後について家業の仕事を学んでいるのだと、本人から聞いていた。

いつかアランと一緒に働くためだよ、とそんなことも言ってくれた。

不器用で内気なアランロドをいじめる悪童たちもグウィンには一目置いていたので、一緒にいるときは絶対に手出しされない。それでもグウィンの目を盗んでちょっかいを出されたときは、どこからともなく現れて背中にかばってくれた。

アランが困ったときは必ず助けに来てくれる。

憧れだった。

彼みたいになれたらどんなにいいか。彼の隣にいて恥ずかしくない人間になれたなら、どんなに……。

「アラン、疲れた？　もう少しで着くからね」

「だっ……大丈夫だってば」

隣を歩いていたグウィンが心配そうに顔をのぞき込んできた。物思いにふけっていたのを、疲れたと勘違いされたらしい。

あわててグウィンを追い越してずんずん歩くと「そっちは反対方向だよ」と声をかけられ、アランはすごすごとグウィンの隣に戻った。

（またやっちゃった……）

万が一、迷子になっては余計に迷惑をかけてしまう。これじゃいけない、とアランは気持ちを切り替えた。今日は逃がしてしまった鶏の代わりを買いに市場へ来たのだ。どんな品種を買えばいいのか尋ねただけなのに、グウィンは自分の勉強を放り出してついてきてくれた。

嬉しかったけれど、これではおわびにならない気がする。

強くて賢く、優しくて、なんでもできる、完璧なグウィディオン。

年齢も家柄もほとんど同じなのに、父に叱られた日以来ひどく遠い存在に感じる。彼にただついていけばよかった時とは違う。彼の隣にいると、自分の情けなさを実感する。

（グウィンは、僕のことどう思ってるのかな……やっぱり、隣にいると恥ずかしい？）

窓ガラスに映る自分の姿を見る。

金の短い巻き毛に、グウィンより頭一つ分以上低い背丈。整った顔と言われることも多いが、その後にきまって女の子みたいだと言われるのがコンプレックスだった。

それにひきかえグウィディオンは――。

意志の強そうな眉に、少し垂れた目が一見きつい印象を与えるけれど、彼が誰かにつらく当たっているのは見たことがない。グウィンが微笑むと、自分はここにいてもいいんだと、大げさなくらい安心する。

褐色《かっしょく》の肌に、少し青みがかった短い黒髪は、少年らしさに不思議な魅力を加えていた。

同じ年頃の子どもより体格もいい。平均以下のアランと並ぶと、その差は歴然だ。

(僕たち同じベータなのに、どうしてこうも違うんだろ……)

窓ガラスに映る自分の姿にいたたまれなくなり、アランは目を逸らした。

「わっ!」

すぐ目の前を、肘枷《ひじかせ》をつけた男が通りかかる。その風貌の異様さに、アランはぎくりとして後ずさった。男の髪は伸び放題で、犬の口吻《こうふん》を模した口枷がつけられている。前髪の房の間から一瞬だけ見えた目は、獣のように鋭い眼光を放っていた。

彼はアランの方を見ると、うなだれるようにぺこりと頭を下げた。重そうな荷を抱え直すとガチャリと大きな音がして、雇い主と思われる紳士がすかさず彼を鞭《むち》打った。彼はうめき声を上げる。かわいそうで見ていられない。何かしてあげたいけれど、何もできないもどかしさで、アランは男から目を逸らすことができなかった。

彼は雇い主に怒鳴られながら、とぼとぼと歩いて行った。

まるで奴隷《どれい》だ。

——嫌ね、汚らわしい。

——オメガ様を襲うアルファなんて、枷をつけているのがお似合いさ。

あちこちで、人々が声を潜めながら男を嘲《あざけ》るのが聞こえる。

「グウィン、今の人って……」

「ああ。『アルファ』だね」

不安になって、グウィンの服のすそをぎゅっと握る。アルファを見るのは初めてだ。

この世界には男女のほかに、男性にだけ発現するもう一つの性別がある。

男性ながら子を宿すことのできるオメガ、オメガを食い荒らす恐ろしき性アルファ、そして、何も特徴が発現しない男性はベータと呼ばれ、大多数を占める。

（もしも僕がアルファだったら、もっとひどい目に遭っていたかもしれないな……）

単なる想像だったが、アランはぶるっと怖気を震った。

アルファは卑しい。アルファは恐ろしい。

あるときはおとぎ話を添え、あるときは君主を称える訓話とともに、それは語られてきた。


――永い夜闇があった。

ある時一柱の男神が目を覚まし、夜闇に尋ねた。私のほかに、ここにはだれもいないのかと。

夜闇が、そうだ、と言ったので、男神は海と大地を生んだ。次に男神は天に光を授け、海と大地は大いに栄え、花が咲きこぼれた。だが、光が生まれたことで夜闇は力を半分失った。怒れる夜闇は死と悪を創りだし、海と大地を蹂躙《じゅうりん》した。

男神は夜闇に尋ねた。あなたに朝の光は眩しかろう。日の沈むまでは殺戮《さつりく》をやめ、日の沈んでから目の開いている者を殺すのはどうかと。

夜闇はそのようにした。男神は人々に眠りを授け、日の沈んでから目を開けている者はいなくなった。

出し抜かれた夜闇は怒り、誰からも愛される美しい男神に嫉妬した。夜闇はオオカミに姿を変え、男神をかどわかし、自分のものにした。男神はそのまま戻ってこなかった。人々は初めて悲しみを知った――。

グランプリュスは「鏡の大陸」と呼ばれるこの土地を構成する国の一つ。八十の詩篇からなる神話は、鏡の大陸の成り立ちであると信じられ、全土で語り継がれている。

詩篇の中の夜闇はアルファだと考えられている。男神をかどわかし、奪い去ってしまう叙事詩は、発情したアルファがオメガを奪う現象と重ねられる。

男性ながら子を宿すことのできるオメガは、男神の子孫であるとか、同一の存在だと信じられている。オメガと判明すればその生涯を通して皆に大切にされるのだ。

オメガには発情期《ヒート》と呼ばれる生理的周期が存在し、ヒートになったオメガは特殊なフェロモンを発する。

ベータにとっては甘く芳しい匂いと感じるだけだが、アルファがこれを嗅ぎとると、あらがえないほど強烈な性的衝動に駆られる。欲望のままにオメガを襲い、無理矢理にでもうなじを噛み、我が物とする。番の契りと呼ばれる行為だ。

アルファがオメガのうなじを噛むのは、オメガを保護する法律によって禁じられている。

男神は別名「花ふる神」という。花ふる神にちなんだ祭事や賛美歌は数多く、グランプリュスでは、毎年二月頃、各地で行われる花祭りが有名だ。


「生命の歴史から見れば、オメガやアルファですら微少な差異なのにね」

アランは驚きで言葉がつかえ、グウィンを見つめることしかできなかった。

微少とは、相変わらずグウィンの発想は非凡だ。皆から祝福されるオメガや、先ほどのアルファの男性と、平凡すぎる自分が同じ？　とてもそうは思えない。

こんなに頭がいいのに、なぜグウィンが自分なんかと一緒にいてくれるのか、ますますわからなくなってきた。

平凡であるにしても、せめてもう少し平均的な能力だったなら……あるいは、オメガだったらよかったのに、と時折思う。

（グウィンもお守りなんて、嫌だよね。親同士が仲良くしてるから付き合ってくれるだけで、本当は僕のことなんか……)

悲しくなって勝手に涙がにじんでくる。

「どうしたの?」

グウィンが首をかしげて、アランの顔をのぞき込む。

「僕、やっぱり一人で行く」

「どうして。俺もついて行くよ」

どう考えてもついて行くのはアランの方なのに、グウィンの言葉はいちいち優しくて、また泣きたい気持ちになる。

「それでも、やっぱり僕……また君に迷惑をかけちゃうと思うから」

「アラン、俺は迷惑だなんて思ってない。君と一緒にいるのは楽しいよ」

「うそだ」

「うそじゃない」

信じきれなくて、グウィンの顔をじいっと見つめる。涙でにじむ視界の中の彼は、アランをまっすぐに見つめている。

これで、彼の言っていることが嘘だったなら、もう何を信じていいのかわからない。そんな風に思ってしまうほど、彼の表情は優しくて、同時に真剣だった。

(もしかして僕のこと、好きなのかな?)

ふと、そんな馬鹿馬鹿しい考えが浮かんだが、即座に首を振って打ち消す。

アランの心情を知ってか知らずか、グウィンは軽い足取りで先へ行ってしまった。

「ついたよ」

数々の露店が並ぶ市場。たどり着いたのは鶏を販売する店だった。大きなケージに数羽ずつ入れられた鶏たちがおしゃべりするみたいに小さく鳴いている。

アランの持ってきた小遣いで、鶏は問題なく買えた。今度は逃がさないように、一羽用の籠に入れたまま連れ帰る。

鶏を買い、オルコット氏に改めて謝った。オルコット氏は鷹揚《おうよう》に笑って「これからもグウィディオンと仲良くしてくれ」と言ってくれて、アランはかえって申し訳ない気持ちになった。

言われるまでもなく、というか、こちらからお願いするのが筋のような気さえしてしまう。グウィンと友達づきあいをしたところで、どう考えても救われるのはアランだけだ。

（グウィンは僕のこと、本当はどう思っているんだろう……？）

答えのない問いなのはわかっていても、考えずにはいられない。

家はすぐ隣だというのに、グウィンはわざわざ玄関まで送ると言ってくれた。別れ際、グウィンにさよならを言う名残《なご》惜《り》しさについ口が滑った。

「どうして僕なんかに優しくするの」

こんなことを質問するなんて、やっぱり自分は馬鹿なんだと思う。どんな答えが返ってきても、傷つく予感しかしない。

いっそ、ものすごく下らない理由だったらいいのに。傷つくだろうけど、劣等感は薄れるかもしれない。

質問したはいいが、答えを聞くのが怖い。「聞かなければよかった」と後悔しながらじっとうつむいていると、グウィンがくすっと笑って答えた。

「アランが可愛いから、つい助けてあげたくなっちゃうんだよ」

まったく予想していなかった返答に、思わず顔を上げた。グウィンに手を取られ、いつの間にか痛いほど握りこんでいた拳をそっとほどかれた。

言葉の意味を理解したとたんに恥ずかしさが襲ってくる。きっとまた、顔が真っ赤になっているだろう。あわててグウィンの言葉を否定するのが精一杯だった。

「か、可愛くないよ、僕はっ」

「あはは！　アランは可愛いよ」

アランが言い返そうと必死で文句を考えているうちに、グウィンは笑いながら自宅へ引き返していった。

弟みたいに思われているのはわかっている。

でも、「可愛い」なんて。思春期に突入したての男子としては言われたくない言葉だ。

（グウィンがいつか、誰かを見初めたら、僕のことなんてすぐに忘れてしまうんだろうな）

小さくなるグウィンの背中を見つめながら、ふとそんなことを考えた。胸の中がぐちゃぐちゃになって、息が苦しくなる。

（グウィンを「とられたくない」って、馬鹿みたい。最初から釣り合ってなんかいないのに）

追いかけても追いかけても、差が縮まらない背中。そばにいるときは守ってくれるけれど、超えられない壁みたいな背中。

おいて行かれてしまう。漠然とした恐怖でアランは自分の体温が下がったような気がした。また涙がにじむ。もしかしたら一生追いつけないまま、終わってしまうのかもしれない。

それはとても悲しくて、恐ろしい想像だった。

アランがどんなに嫌だと思っても、グウィンの歩みは止められない。今は必死につながっていても、いつか、あっけなく、離ればなれになってしまう予感がする。

振り向いてもらえないまま、二人の間にある距離が広がるに任せたまま。

（そんなの嫌だ。でも、どうすればいい？）

日に日に募っていく思いは、憧れや劣等感と似ているけれど、少し違う。

グウィンの隣に立っても恥ずかしくない自分になりたい。いつまでも一緒にいたい。でもどうやって。

どうしたら、彼の隣にいられる？　どうしたら、彼と対等になれる？

もう憧れだけで一緒にいることはできない。憧れのグウィンのとなりにいるのであればそれ相応の人間でないとならない。

「悪くない点数だと思うけど」

先日行われた中等学校の定期試験の結果は散々だった。診療所の二階にある自室で泣いているところに現れたグウィンは、そんな風に慰めてくれた。優しさが余計につらくて、アランはもぐりこんだベッドから出られないでいる。

彼の学習時間を削って勉強を教えてもらったのに、結果にはまったく反映されなかった。二人の通う学校は領内でも指折りの優秀校だが、アランのような劣等生はそういない。

泣いたって仕方ないのに、悔しくて、情けなくて、涙が出てくる。

「でも、グウィンは僕と同じ年齢のとき、満点だったんでしょう。こんなんじゃ、グウィンと一緒にいられないよ」

「成績がよくないと、一緒にいちゃいけないなんてことはないだろう？」

「そういうことじゃない！」

八つ当たりに嫌な顔一つせず、グウィンは優しく諭すように言う。

「いいかいアランロド？　君が何をできてもできなくても、俺は君が好きだよ。君のお父様もお母様もそうだ。覚えておいてね」

好き、という単語が耳に飛び込んできたとたん、アランの心臓は大きく跳ねた。

グウィンが、僕のことを好き？　たった一言で涙が止まる。子どもじみた自分が恥ずかしいけれど、それよりも驚きと嬉しさの方が大きかった。

もぞもぞと毛布から顔だけ出すと、グウィンがいつものように笑いかけてくれる。

心底ほっとした。けれど、すぐにその笑顔の意味に気づく。グウィンは僕が好き……ただし、「親しい友達として」。弾んでいた気持ちが一気にしぼんでいった。

（グウィンの「好き」は、僕のと違うんだ）

十三にもなって、アランは同級生たちの恋の話にまったくついていけなかった。

女の子が苦手だ。ただでさえ気弱で、口が回る方ではないのに、彼女たちときたらアランの何倍も素早く達者な言葉を返してくる。アランがしどろもどろになっている内に会話は終わっていることが大半だった。男の子はただただ口が悪くて、なおのこと苦手だ。

アランにとって、グウィンがすべてで、彼以外を好きになるなんてありえないことだった。

（僕は、グウィンが好きなんだ。友達としてではなく、恋愛として……）

憧れと劣等感以外に、この気持ちを表す言葉が見つかったことが衝撃だった。今までの、もどかしい気持ちのすべてに説明がつくような気がした。

「泣き止んだね。さ、一緒に食べよう」

無言でグウィンのことを見つめ続けていたようで、グウィンの呼びかけに、はっと我に返る。自分の気持ちをグウィンに悟られていないかびくびくしたが、そんな様子はない。

よくお互いの家に遊びに行くので、使用人がいつも二人分のティーセットを準備してくれる。が、今日は紅茶だけのようだ。のそのそとベッドから這い出したアランを椅子に座らせると、グウィンは持参したお菓子を皿に並べた。

果物のタルトに、チョコレート。アランの好物ばかりが並んでいて、また鼻の奥がツンとする。

（君がそんなに甘やかすから、僕は君から離れられないんだよ）

欠点のないところがグウィンの欠点だ。心の中で身勝手な恨み言を並べてみるが、ますます自分が許せなくなるだけだった。何一つ優れたところがないのに、彼の隣にいたいだなんて。

大好きなグウィンに呆れられたくない。せめて、彼の隣にいても恥ずかしくない人間でありたい。どうしたらいい？　グウィンのように聡明でも知識があるわけでもない自分が、彼と対等になるには何をすればいいのだろう。

グウィンと同じだけ勉強する？　それとも、同じくらい手先が器用になる？　いや、同じではだめだ。彼に追いついただけでは、すぐに先を越されてしまう。

紅茶に手もつけず考えを巡らせていると、頭の中に天啓ともいえるひらめきがあった。

（何か一つでもグウィンに勝てたら、もうグウィンに守ってもらわなくて大丈夫だって胸を張って言える。そうだ、これしかない）

万能のグウィンに何か一つだけでも勝つことができれば、きっとアランに一目置いてくれる。そのとき初めてグウィンと肩を並べられるのだ。

アランは椅子から立ち上がり、グウィンに向かって身を乗りだした。

「グウィン。いやグウィディオン。君に勝負を申し込む。僕が勝ったらなんでも一つ言うことを聞いて」

グウィンはきょとんとアランを見つめ返した。けれど、精いっぱい真剣な顔で睨んでくるアランを笑って茶化したりせず、さわやかに応えた。

「うん。その勝負、乗った。勝負なんてしなくても、お願いがあるなら聞くけど」

アランのわがままを軽く請け負ってくれたのは、彼が優しいからだ。同時に、自分が負けるはずがないという自信があるから。

「それじゃ意味がないんだ！　言っておくけど絶対に手は抜くなよ！　もしわざと手加減なんかしたら、死んでやるから！」

グウィンがぴくりと反応して、柔らかな笑顔が真剣味を帯びる。

「穏やかじゃないなあ……わかったよ」

今さらながら、自分の無謀さに足が震える。

相手はあのグウィディオン。かたや、彼がいなければ何もできない甘ったれの劣等生。まるで、象と蟻。鯨と鰯。普通に考えれば、どれだけ頑張っても勝てるはずがない。ズルをしたって勝ち目はないのに、対等な勝負を挑んでしまった。

やっぱりなし、と言いそうになるのをすんでのところでこらえた。

憧れのグウィンに自分の気持ちを伝えたい。ただただ純粋な一心だった。どんなに怖くても、つらくても、自分を変えなくては。グウィンと一緒にいたいのなら。

何か一つでもグウィンに勝つことができたら、そのときは晴れて彼に宣言できる。

「君が好きだ」と。

今日も今日とて、アランはオルコット家の門の前に立ち、前庭で本を読んでいるグウィンを大声で呼ばわる。

「勝負だ、グウィディオン！」

グウィンは集中して読んでいた本を惜しげもなくぱたんと閉じる。その顔には楽しそうな笑顔が浮かんでいた。

今日こそは彼に勝つ。「君が好きだ」、そのたった一言を告げるために。

「はいはい、今日はどんな勝負？」

どんなに負けが込んでもグウィンを諦められないのは、期待を抱かずにはいられないからだ。

いつも必ずアランを優先してくれる。どう考えても、今読んでいる本の方がずっと面白いはずなのに。

アランのようなでき損ないに勝っても、なんの自慢にもならない。溜飲が下がるわけでもないだろう。だから、もしかしたらグウィンは自分を好きなのではないかと、密かに想像していた。だから、勝負に勝って告白さえすればグウィンはうなずいてくれるはず。

けれど、時間は有限だ。彼が勝負に付き合ってくれているうちに、勝たなければならない。

十三歳の時に告白の願掛けを思い立ってから、一年が経とうとしていた。

グウィンとの勝負に勝つためにまずしたことは、勉強だった。医者の家系で、勉強する機会や環境には恵まれている。それなのに、結果がちっとも追いついてこなかった。グウィンどころか、ほかの生徒にも劣る始末だ。

それならばと、音楽や絵画の技術を伸ばそうと思いついた。だがこれも、人より優れたことができるわけではなかった。

足の速さも筋力も、文章の巧みさも、グウィンに勝てるものは何一つない。

おおよそ思いつく限りの、ありとあらゆる勝負をグウィンにしかけ、そのたびに負け続けた。しまいには、コインの表裏やどちらのドアから先に人が出てくるかを当てる賭けをしてみたが、そんなつまらない勝負ですら一度もグウィンを下すことができない。

悔しくて、グウィンの前で大泣きする日もあった。見かねたグウィンに、勝負に勝ったら何がほしいのかと聞かれたが、意地でも口を割らなかった。

もし願いを口にしたが最後、グウィンはたぶん、アランのほしいものをくれる。彼は優しいから、きっとアランが満足するまで「恋人ごっこ」に付き合ってくれるだろう。

けれど、それでは意味がない。

アラン自身の実力でグウィディオンを乗り越えなければ、今までの努力も、アランの悔しさも無駄になる。

無様に大泣きする姿を見せても、目的が明かされない謎の勝負に毎回付き合ってくれ、決して手を抜かないグウィンが好きだ。慕っていく劣等感とは裏腹に、彼への憧れはますます光り輝いている。

負けるほどに、打ちのめされるほどに、グウィンへの思いは色も形も鮮やかになっていった。

勝負が千回に届く頃には、もう負けを数えるのを諦めていた。だが、それでも一日に一回は必ずグウィンを呼び出し、勝負を挑んだ。多少、自分の体調が悪い日でも、手加減は絶対するなとしつこく言っていた。

「今日はこの水瓶に一ポンドぴったりの水を入れる！　後で計測して、一ポンドにより近い量の水を入れられた方が勝ちだ」

「いいよ。やろう」

どんなにくだらない勝負でも、彼は嫌な顔ひとつせず受けてくれる。

勝負に勝てたら、晴れてグウィンに釣り合う人間になれる。そうして初めて、彼に気持ちを伝えることを自分に許せる。

勝負を挑んでいるときだけは、自身の劣等感を忘れられた。

十五歳になったある日。珍しく体調を崩して、アランはベッドに臥《ふ》せっていた。

外は、アランの不快感をそのまま映したようなしつこい雨だ。灰色の雲に覆われた空を見ていると、ますます気が滅入りそうだった。

体調が悪いといっても、微熱で体がだるいだけで、どこかが痛いとか、気分が悪いわけではない。

医師であるアランの父は、ずいぶん念入りにあちこちを調べていた。

長く考え込んだあと、父は、母を連れてアランのそばにやってきた。

母は心なしか嬉しそうな顔をしている。それだけで重い病気ではないのだろうと予想できて、アランはなんとなく安心した。父はいつになく改まって、咳払いを一つした後アランに告げた。

「おめでとう、アラン。おまえの第二性はオメガだ」

「オメガ……？」

グランプリュス国の雨季は肌寒いので、ただの風邪《かぜ》かと思っていた。

オメガがどうとか言われても、熱のせいでぽうっとした頭では十分に理解できなかった。

（オメガって、なんだっけ。そうだ、神話の男神……あれと、同じ……）

オメガ性であれば、子どもが産める。

つまり、男性同士での結婚も可能になったということだ。ぼんやりした喜びよりも、グウィンに会えない寂しさが勝った。勝負の内容はしっかり考えてあったのに……。

残念な気持ちで、窓枠に切り取られた雨の庭を見つめた。

アランがうとうとしていると、控えめにドアをノックする音が聞こえた。家で雇っている小間使いだろうかと思っていたが、静かに入ってきた者の顔を見てアランはぱっと飛び起きた。

「グウィン！」

「ああ、起きなくていいよアラン」

お見舞いに小さな花束まで用意してくれている。グウィンの家で育てている薬草の花だ。小さな黄色の花が可愛い。

「君のお父様は、なんて？」

「僕は、オメガなんだって言ってた」

「君が？　おめでとう」

「いいことなのかな？　僕自身は別に何も変わってないから、わからないや」

気づけば、部屋中に甘ったるい香りが漂っていた。これがフェロモンの誘惑香か、とどこか他人事のように考える。どうせなら、グウィンの家で扱う薬草みたいな匂いだったらよかったのに、と少し残念だった。

知識としては知っていたが、これが自分の体から発せられる匂いだなんて、未だに信じられない。

「グウィンは知ってるよね。オメガは、男の人とも結婚できるんだって」

「うん。実際、男性と結婚することを選ぶ人もいるみたいだね」

「それは、いいことだったかも」

独り言のようにぽつりと呟く。直接、好きだと伝えたわけではないけれど、察しのいいグウィンなら気づいてしまいそうで、少し緊張した。

「誰か好きな人がいるの？」

「グウィンには教えない！」

慌ててシーツを被って、赤面した顔を隠す。グウィンがいつものように笑ってくれることを期待したが、彼は黙りこくっていた。ベッドサイドに影が落ちたような気がした。

怒ったのかと思い、そっと顔を出して確認すると、無表情なグウィンの頬が少し赤くなっていることに気づいた。心なしか呼吸も速い。

「グウィンも、少し顔が赤いみたい……大丈夫？」

体を起こすと、グウィンはアランから一歩後ずさった。風邪をひいているのかもしれない。普段は自信に満ちあふれた彼が戸惑っている姿が新鮮で、アランは少し得意になった。

いつも父がしてくれるように、グウィンの額に手を当てる。のぞき込んだグウィンの瞳は、ぎらりと剣呑《けんのん》な光を放っていた。

そんなに具合が悪いのかとのんきに構えていたアランは、ベッドにひっくり返されてもまだ、警戒心を抱かなかった。

「はぁ……はぁっ……、アラン」

グウィンの瞳孔がかっと開いているのがわかる。痛いほどに手首を掴まれているのに気づいて、アランは少し怖くなってきた。

「グウィン、どうしたの？　い、痛いよ」

「アラン……っ」

彼の形のいい鼻梁《びりょう》が、耳介にすり寄せられてくすぐったい。グウィンはアランの匂いを絶え間なく吸い込もうとし、首筋やおとがいに唇を寄せてくる。同時に、持ち前の器用さでアランの服を脱がせていく。

「やっ……え？　ま、待って」

抵抗を示したつもりの両手は、まとめて頭の上で拘束された。アランの手は同年代の男子生徒よりも小さく、グウィンはその逆だった。たったの一歳しか違わないのに、体格はもうこんなに差ができてしまった。

腕力勝負という雰囲気ではない。グウィンは絶対に、不意打ちなどしない。だったら、なぜこんな……。

「ぃあっ」

首筋を熱い唇に吸われ、情けない声を上げてしまった。恥ずかしくて唇を噛むが、グウィンはやめてくれない。

「ど、したの、さっきから……っ、おかしいよ、グウィン」

弱々しくたしなめたけれど、アランの体にも異変が起こっていた。グウィンが触れたところから興奮が生まれていく。

「グウィン、逃げないから、ゆるめて」

グウィンの耳許にささやくと拘束がゆるめられ、アランは自由になった手で、グウィンの手を自分の胸に導いた。彼はそこを入念に愛撫してくれる。嬉しくてたまらない。

自分がこんなに、婀娜っぽい手つきで相手に触れるなんて知らなかった。

完璧な優等生の顔からは想像できないほど獰猛《どうもう》な衝動。グウィンの瞳は人間としての理性を失って、獣の本能を宿している。

奇妙な感覚だが、生まれて初めて、グウィンと対等になったような気がした。

グウィンの若い雄がアランの太ももにぶつかって、恐怖と歓喜が同時に胸をざわめかせた。

このままグウィンのものになる。それ以外のことなんて何も考えたくない。今はグウィンがほしくてたまらない。誰にも教わっていないのに、アランの中には強い衝動が芽生えていた。

ゆるく開いた唇から、白く整った歯列がのぞいている。どく、と心臓が痛いほどに鳴った。アランの体は、持ち主の意思とは無関係にグウィンの体を受け入れるための準備を始めていた。それがオメガの本能なのか、グウィンへの片思いのせいなのかは、アランにはわからない。

普段は意識しない後孔から太ももへ、生ぬるい液体がとろりと伝う。これが、「濡れる」という感覚か。腹の奥が疼いて落ち着かない。自分がオメガだということを、いま初めて実感する。うなじを噛みやすいよう、グウィンに背を向けて、ゆるやかにうつむく。

「グウィン……グウィディオン、きて……」

「アランロド」

期待で心臓が破裂しそうに鳴っている。グウィンの歯列がうなじに突き立てられる瞬間を待ち望んで、アランが目を閉じた瞬間だった。

絹を裂くような叫びが響いた。続いて何かが落ちる音がして、グウィンの動きが止まる。

「アルファだわ！　誰か来てちょうだい！」

アルファ。

情欲に浸された脳が、その単語だけを理解した。

オメガのフェロモンに引き寄せられるのはアルファだけ。理性をなくしたような行動の理由が、一瞬で判った。アランの第二性が発現したことで、グウィンの第二性も暴かれてしまったのだ。

（グウィンが、アルファ……？）

男の使用人たちによってアランから引き離されたグウィンは、つがいの片割れを求めてうなる獣のようで、あの秀才が見る影もない。

彼は大勢の大人に取り囲まれ、床に押さえつけられた。そして、一瞬の隙をついて後ろ手にされた手首と口に枷をはめられていた。

やめてあげて、グウィンに乱暴しないで、と母に訴えても、彼女はぎゅっとアランを抱きしめるだけだった。

鎮静剤を打たれてもアランに近づこうとするグウィンは、ついに殴られ、気絶させられた。数年前、市場で見た奴隷のアルファの姿を思い出す。まだ子供であるにもかかわらず、彼はすでに「アルファ」として扱われている。

対して、アランは宝石のように柔らかく守られていた。

引き摺られていくグウィンを見て、アランの胸がじくじくと痛み出した。一つだったものを、無理やり二つに引き裂かれ、失ってしまったような。それは魂の痛みと言っても過言ではない。

彼を欲していたのは僕も同じだ、どうして彼だけ――。まだはっきりしない頭では、悲しみを言葉にできなかった。

ヒート期間が明け、怒濤《どとう》のような欲情はすっかりなりを潜めていた。ヒートの間は食事も水分もまともにとれず、かなり苦しむことになった。

学校で習った一般的な内容は、発情期は「およそ三ヶ月に一度の間隔で起こり、三日から長くて五日ほど続く。このサイクルが生殖可能期間が終わるまで続く」というものだ。

少なくともあと二十年以上は、これと付き合わないといけない。

少し気が滅入るが、久々にすっきりした頭で、グウィンのことを考える。

引き離される時に感じた、胸が押しつぶされるような痛みを、鮮明に思い出せる。グウィンも、この痛みを味わっただろうか。

それより、力尽くで押さえつけられてけがをしたのではないだろうか。屈辱を味わって、悲しい思いもしたに違いない。あの強くて賢いグウィンが……。

(グウィンをあんな風にしたのは、あんな思いをさせたのは僕だ。どうしよう)

取り返しのつかないことをしてしまった。

今度ばかりは、グウィンもアランを嫌いになるかもしれない。

今すぐにでも謝りたい。でも、許してもらえるだろうか。

今まで、どんなにくだらないことでグウィンを困らせても、彼は笑って許してくれた。

けれど今回は違う。

アルファの烙印を押された者は、今後一生差別と偏見の目に晒される。それだけじゃない。今後の人生の大半を、体の一部と口を拘束されながら生きなければならない。

誰がどの性別を持って生まれるかなんて、神のみぞ知ることだ。アランにどうこうできるわけではない。それでも、自分を責めずにはいられない。とにかく、ヒートも収まったのだからまずは謝りにいかなければ。

アランは慌てて階下に降りた。あんなことがあったというのに、父と母はいつも通りに見える。

「父さん、母さんっ」

「アランロド。もう体調はいいの？」

「そんなことより、グウィンのところに行ってくる」

「何を言っているんだ？　落ち着きなさい」

「落ち着いてるよ！　すぐ帰るから」

「だめだ、行くな！　待ちなさい！」

団らんの場に張り詰めた空気が流れた。父も母も、アランにかけるべき言葉を探しているようだった。

嫌な予感がかき立てられる。アランは震えながらなんとか言葉を絞り出した。

「どうして止めるの？　グウィンはあれからどうなったの？」

二人の表情は硬くなった。

どうして。ただ一言、「グウィディオンは大丈夫だ」と言ってくれればいいのに。

父と顔を見合わせた母がおずおずと切り出した。

「落ち着いて聞いてね、アランロド……」

ああ、聞きたくない。でも、聞かなければいけない。アランは、母の重たい唇が開くのを焦れながら待った。

「グウィディオンは、もうここにはいないの」

「えっ……」

父が母の言葉を継いで、詳しい事情を話し始める。

「一族からアルファが出たことで、オルコット家は今大騒ぎになっている。しかも、オメガと判明したばかりの者を襲おうとした件がすでに広まっていた。オルコット家の取引先も次々と手を引いているらしい」

あくまで冷静な語り口に、とても現実のこととは思えなかった。理解しようと思っても頭が追いつかない。

「オメガのフェロモンにアルファが反応するのは当たり前じゃないか！　フェネリー家とオルコット家の間で解決すれば済む話でしょう？」

「世間はそう思ってはくれないのだ」

「そんなの納得できないよ！　グウィンはあんなに優秀なのに、彼がアルファだから何だっていうの！」

「アランロド、声を抑えて……私たちだって悲しいわ」

怒りと悔しさで涙がにじむ。また熱がぶり返しそうだ。グウィディオンが、獣のように扱われるなんて耐えられなかった。

「なんとか支援しようとした。グウィディオンは優秀だし、何よりまだ若い。それにオルコットとは昔からの友人だからな。だが、オルコットはこともあろうに自身の細君とグウィディオンを放逐してしまった」

「どうして、グウィンのお母様を？」

「アルファはオメガよりも希少だ。ベータの両親から生まれることはまれだから、不貞を疑ったようだ」

「でも、グウィンのお母様は……」

「ああ、当然それを否定した。けれど、二人の間に生じた溝は埋めがたいものになってしまった。オルコットに何度も思いとどまるように言ったが、聞き入れてはもらえなかった」

「それで、グウィンは？　グウィンはどうなったの」

父にすがりつくように詰め寄ったが、父は首を横に振るだけだった。

聞かずとも、答えはなんとなくわかっている。グウィンと離ればなれになる。

心の中の原風景が変化していくのを感じた。憧れと劣等感を抱えながら見つめたグウィンの背中が、少しずつ遠ざかっていく。彼に近づくために必死で追いかけてきたけれど、今度こそもう、二度と追いつけない。まだグウィンに好きだと伝えていないのに。

「忘れろとは言わない。けれど、もういないものと思いなさい」

体を突き刺すような悲しみが襲う。何よりも、ある考えがアランにまとわりついて離れなかった。

「グウィンがこんな目に遭ったのは、僕のせい……？」

「何を馬鹿なことを言うの！　あなたは悪くないわ」

優しく抱きしめられて、母の言葉は本心からだと理解はできた。けれど、とうてい信じられるはずはなかった。オメガというだけでなぜこんなに守られ、アルファというだけでなぜ迫害されなければならないのか。

どうせならオメガに生まれたかったなんて少しでも思った自分は愚かだった。グウィンを苦しめる者に生まれるくらいなら、平凡なままでよかったのに。

「それと……今後もしグウィディオンに会うことがあれば、すぐに逃げなさい」

「どうして？」

「間違いがあってはいけないからよ」

母の言葉に耳を疑う。

アランは母の外見の性質を色濃く受け継いでいる。悲しげに眉をひそめる彼女を見ていると、わけもなく不安になる。

「間違いって？」

「あなたはオメガなのよ。生理的なものとはいえ、一時的な衝動に任せて道を誤ってはいけないわ」

「オメガへの暴行は重罪になる。それがアルファならなおさらだ。投獄され、ひどい場合には処刑もあり得る。オルコットもそんな罪を息子に負わせたくはないだろう」

沈痛な面持ちの両親から必死に諭されて、何も言えなくなってしまった。自分の気持ちが間違いだと言われているような気がして、恐ろしくなる。

（一時的な衝動？　僕は第二性が判明する前からグウィンのことが好きだった。なのに、彼がアルファだったら、それは間違いだということになるの……？）

アルファがオメガを番にする行為は法律で禁じられている。アルファの子供が生まれやすいからだ。番関係を結ばれたオメガは体質が大きく変化し、フェロモンの放出が止まる。何より、相手のアルファ以外と交わることができなくなる。

不本意な相手ならともかく、グウィンは違う。彼になら何をされてもいいし、彼以外に体を許す気などさらさらない。

グウィンへの気持ちは間違いなんかじゃないと胸を張って言える。けれど、両親に抵抗する言葉が出てこない。

（僕にもっと自信があれば……グウィンを助けられるくらい、力があれば）

胸のじくじくとした痛みを抱えて、アランは自室に戻った。

グウィンのわずかな残り香を求めて、スンスンと鼻を鳴らすと、いつかグウィンに直してもらったぬいぐるみを見つけた。

鼻を押しつけて注意深く匂いを吸い込む。そうするだけで、発情の前兆みたいに体がほてってくる。

（こんどは僕がグウィンを助けるんだ。もっと勉強して、グウィンを守れるくらい、立派な人間になる。そうすればきっと、許してもらえる……）

じっとりと湿った場所で、情欲の火が燻《くすぶ》り続けるのを感じながら、アランはすすり泣いた。

国の定めた法により、オメガ性が発現した子どもは各領に建てられた寄宿学校で特別な教育を受ける。アランも例に漏れず、次の年からカラモス領内の全寮制の学校へ入学した。

まわりの生徒は皆いきいきした顔をしていたが、とてもそんな気にはなれない。唯一いことがあるとすれば、グウィディオンを悪し様に言う人間がいないことだけだ。

教師はオメガかベータのみ。部外者はもちろんのこと、たとえ両親や兄弟でも正規の手続きを踏まなければ訪問できないようになっており、警備は厳重だ。

「なぜここまで厳重な警備が敷かれているか、皆さんにはわかりますか？」

教師に指されて、アランはそろそろと立ち上がった。

「オメガには特殊な生物特性があり、それを悪用する者が後を絶たないからです」

「神の末裔《まつえい》たるオメガの性質を、科学的に説明してくれましたね、素晴らしい」

教師はやや苦く笑ってアランを褒めた。

「皆さんもご存じの通り、オメガである場合には国から多くの補助が受けられます。代表的なものが祝い金制度、各種税金や教育費用の免除ですね。それだけでなく要職に就いたり、望めば男性と結婚もできます。第二性をオメガと偽ることが重罪である理由がよくわかるでしょう」

グウィンはたしか、これほどまでにオメガに手厚い制度があるのは、オメガの希少価値を高めることで、為政者の威光を強めるためだとも言っていた。

これだけオメガが特別扱いされていれば、ベータやアルファが怒るのはさもありなんというところだ。

アルファがベータを偽称するのも同等の罪のはずだが、刑罰はオメガを偽称するより重い。

「男性としての機能を有しながら妊娠と出産が可能である生物は他に類を見ません。まさしく、原初の男神の化身と表現するにふさわしい性質です」

（タツノオトシゴとかはどうなんだよ）

内心呆れながら教師の言葉にうなずくが、間違っても態度には出さない。

（うんざりするな。教師も生徒もオメガ至上主義だ）

寄宿学校の授業は基本的に退屈だ。

一般教養や基本的な学科の授業はあるが、特徴的なのは第二性にまつわる知識を学ぶ授業があることだ。

社交界にデビューする者のためのマナーに始まり、ヒート時の過ごし方や、オメガならではの妊娠・出産についてなど、多岐にわたる。

けれど、アランの興味はそこにない。

これからの人生を何に捧げるか決まっているアランには、意味のない話だった。

オメガ教育の時間はすべて、学科の授業や医学の勉強に充てた。

（グウィンを呼び戻すのに必要なのは、まずお金。家。自立。社会的な立場。とにかくお金がいる）

幸いにしてアランの家は個人診療所で経済的な余裕がある。勉強さえできれば医師になる道を進める。

医師は社会的地位も高く、よほど経営がまずくなければ資産も期待できる。

だから、今は三年後の大学校医学部合格を目標にしている。そのためにはとにかく勉強だ。

「ねえーアラン、頼むから一緒に来てよ。ボクら、『あの気高いオメガにはいつ会えるんだ』ってせっつかれてるんだ」

同室のオメガたちが声をかけてきた。エリューンにオニキス。二人ともタイプの違う美形だ。

警備が厳重とはいえ、生徒の外出は多少目こぼしをされる。今日は月に一度、ヒート中の者以外が自由を満喫できる日だ。エリューンやオニキスは金満家の盛り場によく出入りしており、アランも一度だけ断り切れずに行ったことがある。

エリューンがアランを急かしてくるが、アランはどこ吹く風で受け流す。

「行かない。移動時間だけでも一時間だ。そんなところに行くくらいなら勉強する」

「そうは言ってもモテモテだったじゃない。侯爵家の嫡男《ちゃくなん》に、大商家の跡取り息子、資産家のご令嬢、あと誰だっけ？」

「バムブーク領の舞台俳優」とオニキスが返す。

「それも今、熱狂的人気のね。アランがいるといい男と女ばっかり寄ってくるからお得なんだよ」

「どこがいいって？　アルファを蔑むような奴らのどこが？」

きっと睨みつけると、二人は肩をすくめてため息をついた。

「出たよ、アランの博愛主義」

「まあ、確かにひどい言い方だったけど」

最初で最後という約束で同行した日のことは、アランの中で忌々《いまいま》しい思い出でしかない。入学して二回目の外出日だった。

金満家の集まるサロンでは、だれも彼もが言葉を尽くしてアランを褒めそやしたが、グウィンと比べると程度の低さに呆れてしまった。

何より、言葉の端々にアルファへの差別意識が感じられ、アランはすぐに無視を決め込んだ。グウィンの足下にも及ばないくせに、アルファを見下そうなんておこがましいにもほどがある。こういう連中はどうせ、オメガのことも珍しいアクセサリー程度にしか思っていないのだ。

何でもいいから怒らせて、相手をその場から立ち去らせたかったのに、「それでこそ気高いオメガだ」と逆に気に入られてしまい、アランはすっかり辟易《へきえき》したのだった。それ以来、外出の誘いは断っている。

「なあ、ちょっとくらいいいだろ？　『その気がないのに無茶な贈り物を要求してくる魔性のオメガ』、東洋の国の伝説みたいだって大人気なんだよ？」

「また一緒に金持ちのベータと遊ぼうよー」

「勉強あるから」

「もおー、テストもないのに何をそんなに勉強するわけ？」

「アランのガリ勉～。もったいないな、せっかく可愛いのに」

同級生たちから何を言われようと、少しも気にならない。

いつかグウィンを探し出して、今までのことを謝って、家族みたいに一緒に暮らす。そのために必要なことをただこなすだけ。あれだけ苦手だった勉強も、グウィンのことを思えば苦にならなかった。

（グウィンは今どうしているだろう。寒い思いはしてないだろうか。お腹をすかせてないといいな）

グウィンのことを考えない日はない。どんなにつらい状況でも、グウィンはきっと強い心で耐えているはずだ。

父と母にしつこく食い下がって得た情報によると、グウィンは貧しいベータとアルファだけが住む貧民窟に身を寄せているらしい。実の親からも見捨てられてしまった彼のことを思うだけで、胸が痛かった。

早く大人になって、彼を迎えに行きたい。今はとにかく生きてさえいてくれればいい。そして、もし許してもらえたなら……そのときは改めて勝負を申し込みたい。

◇◇◇

「そろそろかな」

発条式の懐中時計は午後四時を指している。今日は診療所を早めに閉じてきた。彼を出迎えるためだ。

グウィンと離ればなれになってから、持てる時間のほとんどすべてを勉強に充てた。劣等生だった過去が嘘のように、泣き言も言わずひたすらに知識を吸収していたら、あっという間に十年が経っていた。

寄宿学校を卒業後、アランは念願叶って医学部に合格し、医師になる道を進んだ。二十五歳。すべてが順調というわけではなかったけれど、やっとこの日を迎えられた。医学校を卒業して二年は父の助手として診療所で働き、大学病院で臨時の当直もしながら、こつこつ金を貯めた。そのかたわら、グウィンの足取りを追い、とうとう隣国で一番有名なアルファの娼館に行き着いた。そこにグウィンがいるとつきとめ、ようやくここに呼び戻すことができた。

馬車が石畳を軽快に駆ける音が、遠くから聞こえてきた。もう何度も家の前を通る馬車が目的の馬車かどうか確かめていたが、今度こそ当たりのはず。

アランははやる気持ちを抑えて、おろしたてのテールコートの着付けを直し、少しでも大人っぽく見えるように整えた髪をさっと撫でる。

はたして馬車は減速し、アランの目の前で恭しく止まった。

金属のこすれる音がして木製のドアがゆっくりと開く。心臓が胸を突き破って飛び出しそうだ。この日を十年待っていた。

裾の長い服が、ドアの隙間からするりと落ちてくる。絹でできた群青色《ぐんじょういろ》の薄い布地に金の糸で、アラベスク模様の刺繍《ししゅう》がしてある。

次に小さなビジューがたくさんつけられた靴。よく見ると質や仕立てはそんなによくない。注目すべきはそのサイズだ。きらびやかな装飾だが、持ち主の足はアランよりずっと大きい。

そして、忘れもしない、青みがかった黒髪が現れる。十年見ない間にずいぶん髪が伸び、窮屈そうに身をかがめるほど、背も高くなったのだとわかる。

待ちわびた瞬間だ。

胸がいっぱいになるほどの感動とともに、アランは彼の名前を呼ぼうとした。

「グ……」

呼びかけようとして、アランは言葉を詰まらせた。

現れたのは確かにグウィンだった。

けれど……その異様さに、かけるべき言葉がわからなくなってしまった。

鼻から顎を覆うように革製の口枷が装着されている。犬の口吻を模したような形で、グウィンの顔の下半分はほとんど見えない。それに、左右の手首をつなぐ手枷。

（そうだった。アルファは貧民街から出る時に拘束具をつけなきゃいけない決まりなんだった……）

夢からむりやり現実に引き戻されたような気分だ。少年の頃、街でグウィンと一緒に見たぼろぼろのアルファを彷彿とさせる。

アルファの扱いが、これほどまでに極端なのには、理由がある。

アルファがオメガのうなじを噛むことで成立する「番」関係は、アルファへの利益はあっても、オメガにとっては不利益でしかないからだ。

オメガのフェロモンを感じとった番を持たないアルファは、ラットという状態になる。

ラット状態のアルファの最終目的は、ヒート中のオメガのうなじを噛んで「番」となることだ。噛まれたオメガはフェロモンが変質し、番になったアルファとしか性行為ができなくなる。そして、アルファはうなじを噛んだオメガのフェロモンにしか反応しなくなるのだ。

これによって、アルファはベータとしてラットに悩まされずに生きることができるため、オメガを狙って第二性の偽装をもくろむアルファも少なくない。

対してオメガはその性質を失うと、オメガでなくなるのと同義だ。貴族や王族に愛されるオメガにとっては一大事だ。高貴な香りをまとうオメガを妻とすることがステータスである連中にとって、それは耐えがたい損失である。

表向きは婚姻関係を続けていても離れに一人住まわされたり、田舎に帰らされたりするのはまだいいほうで、離縁や、「うなじの痕」を裏切りの証として慰謝料を請求される場合も時おりあるのだという。

グランプリュスも含め鏡の大陸ではほとんどの為政者がオメガだ。オメガ性がことさらに讃えられるのは為政者の威光を強めるためだとも言われており、うなじを噛み、オメガを神からただの人に堕とすことは最も重大な反逆行為だ。

これを未然に防ぐために、すべての国でアルファの権利は制限されている。

グウィンがいつか、「そんなことに利用されるアルファが気の毒だ」と嘆息しながら教えてくれたのを思い出す。悪いのは常に「アルファ」なのだと。

あの優秀なグウィンが、こんなものをつけなくてはいけないなんて。自分のことではないのに傷ついてしまう。

がちゃ、と硬質な音を立てて鎖が揺れて、アランは我に返った。

グウィンを立たせたままだ。

「あ、あの」

アランがなんとか声を絞り出すと、鋭い瞳にゆっくりと射貫かれた。彼に、こんな目で見つめられたことはない。再会の感動は一瞬で消え失せ、緊張で全身が固まってしまった。

「……ここは変わらないな」

変声期を経て低く成熟した声は、腰骨に響くようななまめかしさを帯びている。けれど、声の主の荒んだ気性がわかるほどに、冷淡な口調だった。あの頃の優しいグウィンとは似ても似つかない。冷え冷えとした声色に怯みそうになる。

アランはごくりと生唾を飲み込んでから、なんとか明るく返答した。

「グウィン……グウィディオン。久しぶりだね」

「ああ、どうも。俺を買ってくださったご主人様」

グウィンの目が眇められる。

アランの胸に錐で刺されたのかと思うような痛みが走った。こんなとげのある言い方をするような人ではなかったのに。

けれど、グウィンのことだ。彼なりの冗談なのかもしれないと思って、アランは曖昧に微笑んだ。

「まずは手枷を外そうか」

グウィンは無言で両手を差し出した。

特別製の枷は、両手で操作しないと外れないようになっている。手枷をしている者同士では外すことはできず、誰かに外してもらわなければならない。

重い手枷を外したが、肘にも何かついているのが見えた。

肩から上着をかけているので見えなかったが、肘に枷がついているようだ。背後で左右の肘同士を鎖でつないでいるため、動きがかなり制限される。

目的は何かといえば、アルファからオメガを守るために他ならない。

（僕たちがヒート中でも外をうろうろできるのは、アルファたちの自由が制限されているからだ。彼らはアルファというだけで、ずいぶん理不尽な思いをしているだろう……）

けれど、今日からは違う。グウィンにはできる限り快適に過ごしてもらうのだ。

「歓迎するよ。僕が荷物を持とう」

グウィンは言われるまま、袋を一つ差し出した。布の上から触った感じでは、持ち物は多くないようだった。

あらためてグウィンが失ったものの多さを感じる。

（だめだ、僕が落ち込んでいては）

努めて明るくふるまいながら、アランはグウィンを離れへ案内した。

「ここだよ、君の部屋」

グウィンに住んでもらう離れには渡り廊下があり、診療所兼自宅とつながっている。日当たりのよい部屋で、ベッドもカーテンも上等な新品を用意したし、机や棚も壁材に合うようにあつらえた。台所や風呂などの設備もそろえてある。

つらい境遇に置かれていた彼を労れるよう、アランがこだわり抜いて、あれこれ注文をつけた。きっと気に入ってもらえるはずだ。

「のんびりしてもらえるように、新しい離れを作ったんだ。診療所の二階にも部屋はあるけど、もうずいぶん古い建築だからさ……改築する案もあったけど、前に大公から褒賞をもらったから、父さんが壊さずそのままにしておけって」

だが、グウィンは相づちも打たず、興味なさそうに部屋の中を見回していた。

何の反応もないことに面食らったものの、グウィンがいることの感動で気分が高揚してきた。彼ほどではないにしろ、今までの頑張りと、成長した自分を見せられることも嬉しい。

「儲かってんだな」

「うーん、そうでもないよ。最近は薬草や医療器具の値段も上がってて……。あ、でも君をもてなすことはできるから心配しないで」

グウィンに気を遣わせないためにそう言うと、彼の目は少し暗くなった。何か気に障ったのかと思って、びくびくしてしまう。グウィンの反応を待っていると、彼はベッドに腰掛けた。

「ベッドキルトも新調したんだ。暖かいよ」

「ふぅん」

グウィンがベッドの足側に少しずれた。アランの座る場所を空けてくれたようだ。子どもの頃のことを思い出して嬉しくなる。

やはり、グウィンは優しくて強い、昔のままだ。

積もる話をしようと思って、グウィンのとなりに腰を下ろすと、すり寄るように彼の顔がぐっと近づいてきた。

「なんにも知りませんって顔してるくせに、意外と積極的だな？」

「え？」

視界が反転して、次に目を開けたときにはグウィンに見下ろされていた。わけがわからず、目をしばたいて間抜けな声で尋ねてしまう。

「グウィン？」

「シー……恥ずかしがらなくていいって。これでも娼館ではそれなりに売れてたんだ。知ってんだろ？」

「グウィン、あの、僕は」

あわてて起き上がろうとするが、上半身を上から強くおさえられて身動きができない。娼館。この言葉を聞くたび、何も知らなかった自分を責めたくなる。

あの事件以降、アランはずっとグウィンの足取りを追っていた。卑俗な話題を嫌った両親の教育の賜で、アランはアルファの一般的な働き口を知らなかった。そのせいで彼の居場所を突き止めるのにずいぶん時間がかかってしまった。

この国には八つの領地があり、各領地にはアルファの居住区域が作られている。グウィンはそこを転々とし、最後は隣国のとある娼館で働いていた。

アルファは少数で、それも余計に迫害される要因になっている。アルファの働き口はかなり限られており、危険できつい職業が大半だ。男娼は、命の危険が少ないだけまだマシな職業と言えた。

娼館がどんなところで、男娼が何をするものなのか、アランは調べてみて初めて知ったのだ。

「あ、わっ」

片手だけで器用にタイを外されてシャツがはだける。グウィンの褐色の指がつっと胸をなぞり、アランは「ひっ」と小さい声を上げた。

グウィンが目だけでほくそ笑んでようやくアランはその行為の意味を理解した。

「ベータの旦那や恋人じゃ満足できない好き者、性欲を持て余した未亡人、それにお忍びでやってきたセレブもか。乾く暇もないくらいオメガを相手にしてきたんだ、腕は信用してくれていい。プロとして悪い思いはさせねえよ」

「違うっ、グウィン、どいてくれ」

「何が違うんだ、あ？　娼館一人気の男娼を言い値で買い取った目的が、ヤることじゃないなら何だ？」

「僕は君に、しばらくのんびりと過ごしてもらいたくて……君の嫌な仕事はしなくていいんだ」

肩をおさえていた手に胸ぐらを掴まれ、アランは息を詰めた。

「まんざら嫌な仕事でもねえよ。金払いもいいしな。薬屋をちまちまやるのが馬鹿らしくなるぜ」

可笑しそうな口調とは裏腹に、目が笑っていない。殺意すら感じられるような眼差しに、アランは首を横に振るしかできなかった。

「何を純情ぶってる？　正直に言えよ、アルファに犯されてみたいって」

「グウィン、聞いて、僕は」

必死にグウィンの瞳を見つめて訴えると、二人の間にしばし沈黙が流れた。息も詰まりそうな緊迫感をたっぷり味わった後、グウィンの険しい視線がふっと緩んだ。

さっきとはうってかわってにこやかな表情だ……不穏なほどに。

「ああ、そうか。なるほどな」

（わ、わかってくれた……？）

　グウィンはアランの拘束を解いて、その手を体の中心に置いた。まだ兆してもいないそこを撫でられて、アランはびくりと身をすくませた。

「そういう奴が今までいなかったわけじゃない。たとえオメガでも一度くらいは『雄』になってみたいってな……そうでなくてもベータには俺みたいなのを抱きたいって物好きもいる。アルファ同士で慰め合うことも、一度や二度じゃねえ」

「な、なに言って……」

「いいぜ。おまえを男にしてやる」

　媚びた手つきでベルトが抜き取られようとした瞬間、アランはグウィンの手首を掴んで抵抗した。

「そんなことのために君を呼んだんじゃない！」

　グウィンはそれ以上何も言わなかった。興を削がれたというよりは苛立ちの色が見える目つき。

　グウィンの腕から抜け出して、まろぶようにベッドから降りる。あんなに再会を喜んでいたのに、今は早くここから離れたかった。背を向けて、服を整える。

「じゃあなにを企んでやがる」

「君と一緒に、働きたくて」

生きてさえいればと願ったのは本心だが、彼が体を売っていると知った時はショックだった。男娼という仕事が悪いわけではないけれど、彼が望むなら、別の仕事に就く手助けをしたい。昔の彼の言葉を信じていたからこそ、アランはグウィンに違う道を示したかった。

「は？」

「薬師《くすし》として、ここで働いてほしいんだ」

グウィンの目をまっすぐ見つめてそう言うと、彼はあっけにとられていた。

幼い頃の口約束なんて、彼はもう忘れてしまったかもしれない。けれどアランにとっては、それが心の支えだった。

「ブランクがあるから、最初は雑務からお願いすることになるけど……給金はほかの薬師と同じだし、家賃はかからない。悪くない条件だと思うけど」

「意味がわからねえよ、アルファなんかがまともに働けるとでも思ってんのか？」

「グウィンなら大丈夫だと思っているよ」

グウィンの顔に、かすかに驚きが浮かぶ。けれど、それはすぐに仇敵《きゅうてき》を前にしたような視線に変わる。

「考えておいてほしい。それじゃ、ゆっくりして」

扉を閉めてようやく深い呼吸ができた。

それでも心臓はまだ早鐘を打っている。グウィンはアランの言葉を無視して襲おうとした。フェロモンで前後不覚になっていたわけではなく、憎悪と絶望で自暴自棄になっていたという方が近い。初めてそんな感情をぶつけられて恐怖を感じたが、それ以上に悲しかった。

（いや、元はといえば僕のせいだ。ようやく彼に償うチャンスが巡ってきたんだ。頑張らなきゃ）


早朝、離れに温かい食事を持っていくと、今起きたような格好のグウィンが出てきた。

朝の光に顔をしかめ、髪はところどころ大きめの寝癖がついている。今まで見たことのない気怠げな様子にドキッとする。

昨日の出来事を思い出して緊張するものの、やはりグウィンがここにいるということ自体が嬉しい。

「お、おはよう」

少しぎこちなくなってしまったが、なんとか明るく挨拶できた。グウィンからの返事はない。そして無言のまま踵《きびす》を返した。

アランは慌ててグウィンの後を追う。

「グウィン、朝食を一緒に食べない？」

「いい。もう一眠りする」

「そ、そう。それじゃ君の分は部屋に運ぶね。今日の予定なんだけど、診療所は午前中で閉める予定だから、お昼は外で食事でも……」

「いいね。この姿を、みんなに披露しろって？」

針を刺されたように胸が痛む。当然だが、そんなつもりはない。できるなら、グウィンの枷は外してあげたい。

アランの気持ちも知らず、グウィンはとげとげしいままだ。でも、負けない。

「そんなこと思ってない。食事のこと、覚えておいてね」

グウィンがつらい思いをしているのは自分のせいなのだから、どんなに彼に詰られても甘んじて受け入れるべきだ。アランは胸の痛みを無視して一人で朝食をとった。

カラモス領はグランプリュス国の西部に位置し、他領とくらべて裕福な地域である。中心地には有名な聖スタニスラス大学病院があり、オメガに対する治療や研究がさかんに行われている。だが郊外にあるこの街からは遠く、出向くのもひと苦労だ。

この街の住民にとっては、フェネリー診療所が、最も身近な医療施設なのだ。

白衣を羽織り、一階の診療所を見渡すと、待合室にはすでに多くの患者がつめかけていた。

「次の方、どうぞお入りください」

助手から、患者の治療記録が書かれた書類を受け取り、患者を呼ぶ。先ほどはもやもやしていたが、白衣を着ると気持ちが切り替わる。

どんなに忙しくても患者の訴えには真摯《しんし》に耳を傾ける。父から教わったことだ。

父は持病があり、アランに診療所を預けて引退して、田舎で静養中だ。今フェネリー診療所の看板を守れるのは自分だけ。医師になってまだ数年のアランには荷が重い。

グランプリュスの医学の発展はめざましい。新しく効果が高く安全な薬が日々、生まれている。父が現役の頃は診察から薬の調合まで行っていたが、増え続ける患者を一人で捌けるほどアランは器用ではない。多くの患者を丁寧に診るためにも、薬学に明るいグウィンの力を借りたい。

それに、アルファこそ手に職が必要だ。

アルファの居住区以外でアルファが暮らすには、いろいろと苦労が多い。働き口を見つける以前に、常に口枷が必須で、移動するときは必ず監視人をつけなくてはならず、アルファが四人以上で集まってはいけないなど、彼らの自由はないに等しい。ベータとオメガの居住区で住むアルファは、ほとんどが奴隷や召使いという立場だ。けれど、グウィンには類いまれな薬学の知識がある。

アルファ性が判明する前、彼は実家で取り扱う薬草の種類とすべての組み合わせを完璧に覚えていた。それに留まらず、新しい薬草の種をとり寄せては独自に栽培・研究するなど、大人顔負けの研究者でもあった。

薬師として働けば、おおよそ生活には困らない。アランとしてもグウィンがいれば心強い。

あとは、彼が首を縦に振ってくれるのを待つばかりだ。

慌ただしく午前中が過ぎ、午後一時を少し過ぎたところでようやく全ての患者の診療が終わった。さんざん待たされた患者たちは不機嫌そうに帰って行く。

申し訳ないとは思うが、今はミスなく診療することが大事だ。

（グウィンはもう起きているかな。一緒に食事したい）

白衣を脱ぎ、アランはいそいそと離れに向かった。グウィンの部屋をノックして明るく声をかける。

「グウィン、よかったら一緒に食事を……」

耳を澄ますが、部屋の中からは何の物音もしない。

「グウィン？　入るよ」

おそるおそる部屋に入ると、そこには誰もいなかった。

事態が呑み込めず、いないとわかっているのにベッドの下やクローゼットをのぞいてしまう。

　床に這いつくばっていると、ちょうど通りかかった家政婦に声をかけられた。

「先生、何をなさってるんです？」

「あっ、いや、これは……あの、グウィディオンを知りませんか？」

「グウィディオン？　ああ、あのお客人ですか。診察が始まった時間に、馬車を呼ぶよう頼まれて、そのあと外出されましたよ。てっきり何かご用があるのかと思ったのですが」

「え⁉」

　耳を疑った。グウィンのことだ、監視人をつける法律を知らないわけではないだろう。御者がいるので馬車での移動はできるが、馬車から外に出ることはできない。

「彼がどこに行くか聞きましたか？」

「いいえ……」

　返事を聞き終わるかどうかのうちに、アランは外へ飛び出した。


「お医者様ぁ、本当に行くんですか？」

「正規の料金を払っている。何か問題が？」

「い、いいえ、そういうわけでは。ただ、オメガ様があんな場所に行くのは……」

「いいから、急いでくれ」

手配した馬車で、診療所から貧民街へ向かった。

診療の開始から終了まで四時間ほど。グウィンの持ち金はそんなに多くないはずだから、行く場所は限られる。

アルファと貧しいベータが暮らす貧民街は馬車を一時間ほど走らせた場所にある。馬車を降り、一人でうらぶれた路地を歩く。やがて番兵の立つ大きな門にたどり着いた。

「どちらへ？」

「人を探している」

華奢で整った顔立ちのアランを見て、番兵が忠告した。

「オメガ様がお一人でこんな場所に入られるのは、安全上おすすめしません。せめて護衛をつけられた方がいいのでは」

「いいや、結構だ」

引き留められはしたものの、問題なく入ることができた。

逆に、アルファが単独でこの門の外に出ることはできない。貧民街の全ての出入口には衛兵がおり、高い壁のせいで侵入も脱出も不可能だ。アルファは危険視され、ここに閉じ込められているのだ。

門から一歩進んだだけで、空気が変わった。塀が高く、門の付近には門番のための宿舎が街を見張るように建っているせいで、まだ日は高いはずなのに薄暗い。アランが住んでいる街と比べて閑散としており、アルファたちの怨嗟《えんさ》や警戒心がそのまま現れているかのようだ。

（ここが、アルファたちの街……）

まだ危険を感じるほどではないが、住人の目が自分に向いているのがわかる。彼らとは違う、着古していない清潔な身なりのせいもあるだろうが、それ以上に、ここでは自分が異物であるとオメガの本能が知らせている。

貧民街の中なら、アルファたちは枷をしなくてよい決まりだ。おそろしく整った顔立ちと、痩せてはいるが立派な骨格の者ばかりが品定めをするようにアランを見つめている。

（大丈夫、まだヒートの時期じゃない。問題ないはずだ）

怯みそうになる自分を鼓舞しながら、アランはひとり街を進んだ。

カラモス領の貧民街は、アルファと判明したグウィンが一番最初に身を寄せた場所だった。アランが真っ先にこの場所に向かった理由の一つだ。

ずっとグウィンのことを考え続けてきたアランには確信があった。彼はこんなところ、『普通のオメガなら』来ないと思っている。

なぜ、グウィンは逃げたのだろう。アルファをとりまく苦しい境遇から抜け出すには、アランを利用しない手はない。

それとも、それすら拒むほどに嫌われてしまったのだろうか。とぼとぼと薄暗い路地を進んでいくと、賑やかな店の前を通りかかった。

酒場だ。人捜しをするのにまず立ち寄る場所といえばここしかない。

「……それで、せっかく買い取ってもらえたのに戻ってきたってわけか？」

「馬鹿だねェ、金持ちオメガ様に飼われるなんて幸運、この先もう二度とないぜ？ 大人しくしてりゃよかったのに」

身に覚えのある内容の会話が聞こえてきて、アランは耳をそばだてた。

「うるせぇ」

(……グウィンの声だ)

物陰からそっと店の中をのぞくと、長い黒髪が見えた。テーブルには口枷が載せられているが、背中を向けているため顔は見えない。

「なあ、オメガってみんな可愛くて淫乱なんだろ。それで金持ちとか最高じゃん」

「お前を買い上げた子も可愛いの？」

(……僕のこと？)

どきりとした。グウィンはなんと答えるのだろう。よせばいいのに、少しでも好意的なことを言ってくれやしないかと期待してしまう。会話に耳を集中させる。

「はあ？ んなこと聞いてどうするんだよ。おまえが会うわけでもないのに」

はぐらかした答えが少しじれったい。盗み聞きなど褒められた行いではないが、続きをどうしても聞きたい。

「そのオメガ、幼なじみらしいぜ」

「うっわ、やらしー。一度くらいは相手してやったんだろ？」

「してねえよ馬鹿」

「幼なじみならフェロモン嗅いだことあるんじゃね？　どうだった？」

正直、知りたいと思ってしまった。彼の人生はアランのせいで一変した。あれからずっと、グウィンの輝かしい未来を奪った自分の第二性を呪わない日はなかった。

「嗅いだけど……んなもん、とっくに忘れたよ」

「なんだよつまんねえな、その子のこと好きだったんじゃねえのかよ」

「別に」

グウィンの不機嫌そうな返事に、血の気が引いた。グウィンらしくない軽薄な言い方が余計につらい。空回りしていた自分を否が応にも自覚させられる。

グウィンの背中がこちらを振り向こうとするのに気づいて、アランは反射的に逃げ出してた。

とにかくその場から離れたくて、方向を気にもせず走っていく。

グウィンを呼び戻しさえすれば、すべてもとどおりになると思っていた。グウィンの優しさも、ふるまいも、憧れていた彼のままだと勝手に期待していた。

十年間、彼と再会することだけを夢見てきたのは自分だけだった。

よく考えればわからないはずがない。グウィンはアランがオメガだったせいで、こんな境遇に落ちてしまったのだから。

恨まれこそすれ、好意的な言葉など望むべくもない。のんきに浮かれていた自分の愚かさがいたたまれなくなる。

「グウィン……ごめんなさい、グウィン」

拭うそばから、涙があふれてとまらない。

ふらふらと歩き続けていると、見覚えのない景色になっていた。目印にしていた家や看板がない。

慌てて元来た道を戻ろうとしたが、よそみをしていたせいで何かにぶつかってしまった。

顔を上げると、目の前に背の高い男たちが三人立ちはだかっている。

「す、すみません。通してください」

「あんた、オメガか?」

なぜそれを、と聞く暇もなく、男たちはアランを取り囲む。

「かすかに香るんだよ……忌々しいアルファの『鼻』のせいでな。それで、オメガ様ともあろう方がどうしてこんな掃きだめに？」

荒んだ中に威圧的な雰囲気を持つ男が、アランに一歩近づいてきた。

普段、自分がオメガであると意識することはほとんどないが、今回はオメガの本能とやらがアランを激しく刺激する。このアルファたちは、自分を狙っている。

「人を探しに……でも、もう見つかったのでお気遣いなく」

足早に三人の横をすり抜けようとするが、腕を掴まれて阻止される。明らかにただごとではない雰囲気なのに、他の住人は見ているだけで何もしない。

「ほしいのはお金？　あまり多くはないが持ち金をあげよう。なるべく穏便に頼む」

「金だとよ！　オメガ様は卑しいアルファの本性をよくわかってらっしゃる」

皮肉めいた口調に敵意が混じっているのがわかる。アルファの苛立ちを肌が感じ取っているのか、皮膚がぴりぴりするような気がした。

「すまない、そんなつもりはなかった」

「金なんぞよりも、欲しいものがある。命まではとらない」

「……僕が用意できるものであれば」

リーダー格の男がアランの胸ぐらをつかみ、ぐっと引き寄せる。

「聞いた話じゃ、オメガと番になりゃ、そいつ以外の香りに悩まされることはなくなるらしい……この忌々しい『鼻』さえどうにかなれば、俺はこの先一生ベータとして過ごせる。

これは千載一遇《せんざいいちぐう》のチャンスだ」

鳥肌がぞわりと全身に広がった。そんな条件、呑むわけにはいかない。

「オメガ保護法は知っているだろう、そんなことをしたら君もただじゃすまないぞ」

「脅しのつもりか？　おまえは俺の名前すら知らないのに」

番という相互機構はアランもよく知っている。寄宿学校の授業でさんざん繰り返されたからだ。悪いもののように語られるけれど、アランは、この機構に感謝していた。これをうまくグウィンに使えば、彼は自由を得られるかもしれないのだ。

アランは珍重されるオメガの特性など興味はなく、失っても何一つ惜しくはない。グウィンを苦しみから解放できるなら、喜んでうなじを差し出す。

だから、他のアルファには絶対奪われてはならないのだ。

反射的に両手でうなじを守る姿勢をとる。これもオメガの寄宿学校で習ったことだ。普通に生きていれば遭遇することのない状況だけに、まさか使う日が来るとは夢にも思わなかった。

「さ、三人同時には番になれないだろう。誰が最初に噛むのか、決めた方がいいんじゃないのか」

「この状況でよくそんなに口が回るな。度胸があるのか馬鹿なのか……」

他の二人は、リーダー格のアルファに譲る気のようだ。

じりじりと後退していたが、アランはついに行き止まりの壁にぶつかった。

アルファは知能も運動能力も優れている。おまけに相手は三人。オメガの細腕でどうにかできるとは思えない。

アランにできるのは、できるだけ情けなく懇願することくらいだ。

「頼む……番の契りだけは、やめてくれ」

「はっ。お前みたいに色気のないオメガでも、フェロモンを変質させられるのは嫌なのか？」

「そうじゃない」

知らず知らずのうちに声が震え、涙が出てくる。

こんな状況で、彼が来るのを期待してしまうなんて、自分はどうしようもない馬鹿だと思う。

つらいとき、苦しいとき、必ずそばにあったグウィンの背中。今になってそれを思い出してしまい、切なくなる。

「あ、あげたい人がいる、から」

アルファたちの動きが止まる。が、直後に強い力で髪の毛を掴まれた。強い痛みにアランは思わずうなじを押さえていた手を離す。

「あっ！」

「言うに事欠いて、つまらねえ命乞いしやがって……おまえらオメガの馬鹿さ加減は癪《しゃく》に障るんだよ」

ドスのきいた低い声と憎しみのこもった目がアランを射貫いた。恐ろしくてたまらないのに、捕食しようとする者から目を逸らすことができない。

髪の毛を掴まれたまま、地面を向かされてうなじが無防備になる。

必死に抵抗するが、残った二人に取り押さえられてしまい、ぴくりとも動けない。

生暖かい息がうなじにかかると、体中が総毛立った。グウィン以外に噛まれたくはないのに、オメガの体は噛まれることをどこか望んでいるかのように反応している。

いやだ。こんな終わりは。

(グウィン、助けて)

手で覆われた唇の隙間から、くぐもった声を漏らすことしかできない。

「ぐあっ!」

鈍い音とともに、アランを押さえつけていた手が消えた。続いてもう一人の手も離れる。リーダーの男が、突然の闖入者《ちんにゅうしゃ》に応戦するが、他の二人と同じように、なすすべもなく地面に転がされた。

新手だろうか。何にせよあまりよい状況ではない。

交渉の可能性にかけておそるおそる顔を上げると、はたしてそこにいたのは、慌てて口枷を装着するグウィンだった。

「グ……ウィン……なんで」

「こっちの台詞《せりふ》だ！　おまえ、なんでこんなところにいる！」

ものすごい剣幕で大目玉を食らってしまい、アランは小動物よろしく縮こまった。

「だ、だって、君は絶対ここに来ると」

「そういう意味じゃねえ！　たかがアルファ一匹逃げたくらいで、馬鹿なまねしやがって……俺のことなんか放っておけばいいだろうが！」

こっぴどく怒られているのに、グウィンが昔のように助けに来てくれたことが少し嬉しくなる。同時に、何も言わずに逃げ出したグウィンに腹が立った。

「そ、そっちこそ、なんでこんなところにいる？　何も言わずに出て行くなんて！」

「別に、アルファが『こんなところ』にいるのは普通のことだろ」

そうなげやりに吐き捨てると、グウィンはアランに背を向けて歩き出してしまった。彼は歩幅が大きいので、アランは必死に追いかける。

ふいに昔を思い出して、アランは少し懐かしくなった。追いかけている人が昔のままなら、もっとよかったのに、と口惜しく思う。

「さっきから、アルファだの一匹だの、一体誰の話をしてるんだ！　僕はグウィンのことを話しているのに。そうやって自分を卑下するのはやめてくれ」

グウィンの足がぴたりと止まる。怒りからか、彼の握りこんだ拳が震えている。昔はグウィンが怒ったところなんて見たことがなかった。

「……お前こそ俺を勝手に哀れむのをやめろ」

「哀れんでいるんじゃない。僕の知ってるグウィンは、もっとかっこよかった！」

振り返るグウィンは苛立たしげに目を眇めていて、怯んでしまいそうな迫力があった。

「そりゃ、申し訳ありませんね。この通り卑しくて惨めなアルファですから。突っ立ってるだけで褒めそやされるオメガ様とは違います」

グウィンは皮肉を乱暴に吐き捨てずんずん歩いていく。アランはなおも追いすがって、叫ぶように問いかけた。

「僕はそんなつもりじゃ……なんのために、十年も君を捜したと思うの」

「知るかよ」

グウィンをただ苛立たせるだけだとわかっていても、すがるように言いつのってしまう。

落ちこぼれの自分にいつも味方してくれた、優しいグウィンが大好きだった。なのに、目の前にいる彼は、まったく知らない人のようだ。かつての輝きを失って、今は世の中のすべてを厭っている。彼がこうなったのは、自分のせいだ。自分がオメガだったせいで、彼の何もかもを変えてしまった。この気持ちをどこにぶつければいいのかわからない。

（やっぱり僕は、グウィンに嫌われてるんだ……）

面倒になったのか、グウィンはアランを置いて、貧民街に紛れ込むように姿を消してしまった。

「グウィン」

子どもの頃を思い出す。けれど、あのときと違って彼の背中はもう見えない。それが悲しくて、アランの目は新しい涙で濡れた。

うなだれて立ち尽くしていると、何もできない子どもに戻ったような気がしてくる。あんなに努力したのに、結局グウィンには勝てないまま、ただ時間だけが過ぎてしまった。

うつむいた先の視界に、ビジューのついた大きな靴が映る。おそるおそる見上げると、うんざりした顔のグウィンがいた。

「……いつまでそうやってるつもりだよ。門は南東だ。さっさと帰れ」

グウィンはあくまで帰らないつもりだ。出直すしかない。不本意だったが、アランは道を引き返そうとした。が、歩き出して数歩でぴたりと止まってしまった。

「えっと、僕……通りを間違えてた？　あれ、どっちから来たんだっけ」

あの時はショックのあまり道を確認せずに走ってきたので、出発地点すら見失っていたことにようやく気づいたのだ。

グウィンは盛大なため息をついた。また彼を呆れさせてしまったのか。肩を落としたアランに、グウィンは「ついてこい」と背を向けて歩き出した。

「一緒に帰ってくれるの？」

「違ぇよ！　また迷子になられても面倒だからだ！」

グウィンの案内のおかげで、ようやく先ほど見た門までたどり着く。踵を返して歩き始めたグウィンを、アランはあわてて引き留めた。

「待って！」

「あ？　まだ俺を笑い足りないのかよ」

「ち、違う……」

射殺《いころ》されそうなほどの視線が返ってきて、アランは震え上がる。ただならぬ様子を察知してか、門の守衛が二人組で近づいてきた。

「どうなさいましたか？　オメガ様」

「いいえ、何も。……僕たち、これからいいことするんです！」

「はあ⁉」

グウィンが珍しくうわずった声を上げる。さすがに、アランが俗っぽいことを言い出すとは予想していなかったようだ。

守衛も飾りっ気のないオメガがアルファの男娼を持ち帰ろうとしていることに面食らっていたようだが、納得したのか、警戒を多少弱めた。

どんな内容だろうと、オメガ直々の依頼をことわる権利などアルファにはない。さすがにその場でアランの手を振りほどくわけにはいかなかったのか、グウィンは顔いっぱいに不快感を露わにしつつも、アランとともに門をくぐった。

多少強引な手だったが、グウィンと一緒にいるためだ。無事に馬車に乗り込ませることができて、アランはほっとした。

ふてくされて窓の外を眺めるグウィンに、アランはおそるおそる尋ねてみた。

「……なんで出て行ったの。何か、気に入らないところがあった？」

グウィンはその問いに答えなかった。その代わりに、ぽつりと独り言がこぼれる。

「オメガのおまえが、俺なんかをそばに置いて、何の得があるんだよ」

「それは……君の人生を変えた責任を感じてるからだよ。だから、昔みたいになればと思って」

アランがオメガに生まれなければ、グウィンがアルファだと判明することもなかった。遅かれ早かれ、別のオメガの香りに反応していたかもしれないが、アランがグウィンの未来を奪ってしまったことには変わりない。

グウィンのために何かできるとしたら、生きる術を身につけさせることだ。たとえ嫌われていたとしても、償いになるのならどんなことでもする。

「そんなこと、俺は望んじゃいない」

だが、グウィンはアランの言葉を拒絶した。

「嫁入り前のきれいな体のくせに、アルファなんか飼ってると外聞が悪いぞ。おまえも見ただろ、さっきの守衛の顔を」

先ほどの守衛は、まるで害獣を見るような目つきでグウィンを睨みつけていた。グウィンは十年も、この視線を浴び続けていたのだ。這い上がろうとしても、媚びへつらっても、何も変わらない。ただアルファに生まれたというだけで。

「親父さんのおかげでせっかく繁盛してる商売も、アルファを飼ってるせいで立ち行かなくなるかもな。何かあって泣きを見るのはおまえだけ。……なあ、割にあわねえだろ」

声や瞳には怒りが見え隠れするのに、どうしてか、怖くはなかった。

彼は酒場でもアランを悪し様に言わなかった。悪く言おうと思えば、いくらでもできたのに。

（嫌いな相手なのに気づかってくれるんだね、君は……）

たとえ自暴自棄になっていても、あの頃の優しさは、なくなってしまったわけではないのかもしれない。

けれど、アランの胸はまだもやもやとしていた。確かに彼の優しさが残っているのは嬉しかったが、このままでいいはずがない。十年間の思いはそんなことで納得できるほど軽くはない。

返す言葉が出ないまま重苦しい空気を乗せた馬車は、ようやくフェネリー診療所に到着した。

二人が帰ってくるのを見計らって、家政婦たちが食事を用意してくれる。

彼女たちが部屋を去ると、また二人の間に沈黙が生まれた。アランは席に着いた。

温かな湯気を立てる食事を前にして、アランはふと気づいた。グウィンの口枷を外さなければ。

「口枷を外す許可を？　ご主人様」

言葉はへりくだっているのに、とげとげしく八つ当たりされている。

彼は、アランが諦めるのを待っている。憧れのグウィンはもういないのだと、だからさっさと手放せと訴えているのだ。

それが彼の回りくどい優しさだとわかっている。でも、その喧嘩を買うわけにはいかなかった。

「君は、何をそんなにいじけてるの？」

「は？」

挑戦的なアランの問いかけに、グウィンが目許をひくつかせながら反応した。

幼い頃からずっと、彼の背中を追いかけてきた。グウィンに守られてばかりの弱虫なアランから、一人でなんでもできるアランになった。

この十年間の努力のすべては、グウィンに追いつくためだ。彼と対等になるためだ。

グウィディオン・オルコットは、完璧でなければだめなのだ。そうでなければ、彼を超える意味がない。完璧な彼に勝利して初めて対等になれる。彼がアルファだろうが何だろうが、関係ない。

グウィンに近づき、口枷を掴んで上を向かせる。こんなことをされて怒りもしない彼がもどかしい。

「ここを出てどうするつもりだったの。また男娼に戻るつもりだった？」

「……だったらなんだよ」

「グウィンはそれでいいの？」

軽い金属音がしゃりりと鳴って、アランの手が振り払われた。肘枷の可動域ぎりぎりの動きに、グウィンのいらだちが表れているような気がした。

「お前もわかっただろ？　俺はアルファで、受けた恩を仇《あだ》で返すようなクソ野郎だ。そんな奴が日の当たる場所で生きていけるわけがないんだよ」

「本当にそうなら、僕のことなんか放っておいたでしょう？　アルファってだけで、これから先もずっとすべてを諦めて生きていくの？」

グウィンはムッとした顔をしてアランを睨み、冷たい声で唸るように言い返した。

「ああ、その通りだ。お節介のつもりで俺を呼び戻したのなら、無駄金だったな。いい勉強になっただろ」

「言っておくけど、僕は君を諦めるつもりはないからな。絶対、僕が正しかったとわかる日が来る。君に『俺が間違ってました』って言わせてやる」

指を突きつけて宣言する。

椅子から立ち上がったグウィンに見下ろされ、威圧感にたじろぎそうになるが、突き動かされるような怒りがアランを踏みとどまらせた。ここで引き下がったら、グウィンは一生このままだ。

「そんなにここが嫌なら、勝負をしないか」

口枷のせいで目許しか見えないが、グウィンは小馬鹿にしたような目でアランを見るばかりだ。アランは、一度大きく呼吸した。震えが一時的に止まる。

「僕が勝ったら、君はずっとここにいる。君が勝ったら、どこでも好きなところに行けばいい」

「……そういや、ガキの頃はくだらない勝負にこだわってたな。一度も俺に勝てなくて泣いてたくせに、大きく出たもんだ」

勝算はほとんどなかった。あらゆる面で、グウィンに敵う気がしない。けれど今度こそ絶対に負けてはならないのだ。アランが憧れていた頃の彼にもどってほしい。

「いいだろう。俺は、おまえから俺自身を買い取る。この診療所で働いた給金の中から身請けにかかった金をすべて返済する。それまでに、『ここにいたい』と思えたらおまえの勝ち。そうでなければ、俺の勝ち」

「ああ。それでいい。君には、他の職員と同じ給金を払う。月々の返済額は君の裁量でいい」

「はっ。こんなに最初から結果が見えてる勝負も珍しいな」

グウィンを身請けするのにかかった金額は、この国の中流家庭の生活費一年分とほぼ同じだ。ということは、決着がつくまでに約一年の猶予《ゆうよ》がある。

（グウィンが今までどんな十年を過ごしてきたのかはわからない。でも、一緒に過ごしていれば昔の彼を思い出すはずだ）

今までは、彼の背中ばかりを追いかけていた。こんな状況になってようやく、彼と正面から相対することができたと感じる。

多分、これが最後の勝負だ。もう一度、完璧なグウィディオンをとり戻す。この勝負に負けたら、彼とはもう一生会えなくなる……そんな予感がする。

「今度こそ、絶対に僕が勝つ」

「やるだけ無駄だ」

憎まれこそすれ、まさか彼と、睨み合うなんて考えもしなかった。でも、もう後戻りはできない。こうして、アランロドとグウィディオンの最後の勝負が始まった。

朝食を終えて診療所の鍵を開けると、看護師たちが出勤してくる。最後に、他の者に見つからないように気配を消して、グウィンが入ってきた。

彼は再会した時の男娼の衣装ではなく、アランが用意した服を着ていた。ぱりっとのりをきかせた白いシャツに、彼の髪の色と合う濃い色のジレとタイを身につけ、スラックスをはいている。長い髪は一つに束ね、清潔感がある。肘枷は家政婦に装着してもらったのだろう。仕事をしやすいよう、左右の肘を結ぶ鎖をやや長めにしてある特注品だ。

グウィンのすらりとした体躯にとても似合っている。口枷だけが異様だが、それ以外は思わず見とれてしまうほどだ。

「お、おはよう」

勇気を振り絞って、グウィンにそれだけ言う。グウィンはため息をついたが、すぐに姿勢を正し、アランに目礼する。

「……今日から、よろしく頼む」

「！　う、うん」

視線が合うことはなかったが、アランは少し気持ちを立て直せた。勝負のことは抜きにして、グウィンが働きやすいよう気を配らなければ。

アランは洗いたての白衣を羽織り、声をかけて看護師たちを集めた。

「おはよう、みんな」

「おはようござ……」

振り返った非常勤の医師と、看護師たちの動きが止まった。

口枷に、背後で左右の肘をつなぐ肘枷。ベータとは違う立派な体躯。グウィンの外見はアルファの特徴そのものだ。

一般的な家に生まれた者は、普段アルファを目にすることはほとんどない。カラモス領はグランプリュス国の他の領地に比べ富裕層の多い地域なので、なおさらだろう。

初めて目の当たりにするアルファの姿に、普段は度胸のある看護師たちも恐怖に襲われているようだ。

この中で唯一危険なのは、オメガであるアランだけ。無闇に怯える彼らを見ていると、あまりいい気持ちはしない。

「紹介します。今日から薬師としてここで働くことになったグウィディオン。まずは雑務を覚えてもらいます。みんなで面倒を見てください」

「で、でもこの人、アルファですよね?!」

「そうです。他に質問は？」

あまりにあっさりとした態度に、看護師たちは一様に口をつぐんでしまった。今だけは、自分に与えられたオメガの特権に感謝した。

オメガは貴重で神聖視されている性ゆえ、多少のわがままは通りやすい。忌み嫌われているアルファを雇うなんて、アランがオメガでなければおそらく非難されていただろう。

「『お籠り』の時期はどうなさるんですか？」

女性の看護師が質問してきた。『お籠り』とはヒート期間の俗称だ。

オメガの神聖視が度を超えているせいで、ただの生理的な周期にたいそうな名前がついている。

「皆さんご存じの通り、口枷の内部には、アルファの嗅覚を撹乱するハーブが入っているし、各部屋の内側には鍵もあります。突発的にヒートが起こってもすぐに離れれば心配ないですよ」

よどみなく答えたつもりだったが、皆まだ心配そうだ。そんな中、クレムだけは、にこやかな表情のままだった。

クレムは数年前からフェネリー診療所で働いている助手の一人だ。穏やかな性格で、たいていの仕事はそつなくこなしてくれる。

「クレムさんにお願いがあるのですが、彼を指導してくれませんか」

「ええ、あなたのお願いなら喜んで」

眼鏡の奥で、クレムの切れ長の瞳が優しく細められる。頼もしい答えに安心し、アランはグウィンを引っ張ってきてクレムの前に立たせた。

「グウィディオン、こちらはクレム・チェンバレン氏。会計処理と、薬草や器具の在庫管理をお願いしている。しばらくは彼について雑務を教わってくれ」

「……わかりました。クレムさん、これからよろしくお願いします」

「ええ、こちらこそよろしく。グウィディオン」

クレムが面倒を見るとわかって、皆の非難のまなざしは多少緩んだ。

「さあ持ち場について。診療を開始します」

その一言で、皆それぞれの担当業務に就く。

グウィンはアランの方を一瞥して、クレムの後についていった。

子どもの頃思い描いていたような未来ではないし、勝負がつくまでの期間限定だけれど、グウィンと一緒に働く夢が少しだけ叶った。

医学校で、医療に必要な学問や知識を一通り学んだアランとは違い、グウィンは資格を持つ父親のオルコット氏に直接師事していた。医療従事者の区別があまり明確ではないこの国では、珍しくないことだ。

オルコット氏は、薬草の栽培事業と研究で生計をたてており、グウィンもその横で学んでいた。当時のグウィンは将来、薬師として働きたいとも言っていた。

グウィンはそんなこと忘れてしまっているかもしれないが、アランはそれが実現すればいいと思っている。

午前中の診療は忙しいながらも、つつがなく終了した。

仕事を終えたところで、同じく一区切りついたらしいクレムをつかまえる。

「あの、どうでしたか、グウィディオンは……」

やや疲れの見えるクレムだが、すぐにっこりと笑顔を向けてくれる。

「覚えも早いですし、知識も褪せていません」

「ほ、本当ですか！」

「ええ。私が仕事に対して手を抜かないのはあなたもご存じでしょう？　いい人を連れてきてくれましたね」

耳打ちでクレムからの純粋な賞賛を聞いて、アランは自分のことのように嬉しくなった。

「クレムさん。薬品の整理、終わりました」

グウィンが倉庫から出てきた。

「ありがとうございます。では、あなたも昼食にしてください」

「お、お疲れさま」

勝負のことはさておき、明るく声をかけてみたが、グウィンはアランをちらりと見ただけでその場を離れてしまった。

しょげているのを隠せずにいると、クレムが気づかうように両肩を優しくたたいた。

「アランもお疲れでしょう、昼食にしましょう」

「……グウィディオンも一緒にいいですか？」

「私は構いませんよ」

　クレムの返事を聞いてすぐ、グウィンの後を追った。グウィンはちょうど、離れに戻ろうと診療所のドアに手をかけているところだった。

「グウィン、昼食を一緒にどう？」

「冗談だろ。『コレ』外さずにどうやって食えってんだよ」

「僕の前では外したらいいよ」

「馬鹿っ、おまえはよくても俺に罰則があるんだよ！」

　きつい口調で言い返され、そんな言い方をしなくても、と思ったが、確かに罰せられるのはグウィンだけだ。軽率なことを言ってしまったことに気づいて、アランはしおしおとうなだれた。

「そっか……じゃ、クレムさんと二人で食べてくるね」

　背を向けて歩き出すと、グウィンに呼びかけられる。

「……あいつとつるんでて、平気なのか？」

「え？」

「あんなおっさんにベタベタされてよく平気だな」

不機嫌そうなグウィンに、びくびくしてしまう。クレムは確かにスキンシップをするが、頻度は気にならない程度だ。オメガの寄宿学校ではもっと生徒同士の距離が近かったし、アランの感覚としては常識的な範囲だと思う。

グウィンは再会した時、娼館でベータの客もとったと言っていた。もしかして、それでクレムを警戒しているのだろうか？

「クレムさんにベタベタされたの？」

「はあ？　されてねえよ」

「それにおっさんって……クレムさん、まだ三十歳だよ？」

「あっそ」

グウィンはにべもなく言い放ち、離れへ行ってしまった。

別に、勝負中でも食事くらいはいいじゃないかと思うが、仕事以上の付き合いをする気はないということなのだろう。傷つくが、無理には誘えない。

それにしても、「馬鹿」なんて久々に言われた。大学校の医学部でさえ、厳しい教授が指導の言葉を選んでいたのだ。

悪口を言われてこんなことを思うのはおかしいかもしれないが、久しぶりに、オメガではなく一人の人間として見てもらえたような気がした。

（まだ始まったばかりじゃないか。猶予は一年あるんだ）


「黙って聞いてりゃ、アルファふぜいが！」

倉庫の方から争う声が聞こえてきた。

診察内容を記録している途中だったが、すぐに中断して、アランは倉庫に駆けつけた。

グウィンが働き始めてから、あっという間に十日ほどが経った。直接患者の前に現れることはないため、これまでは特に問題も起きなかったのに、何があったのだろう。

医療器具や書類がしまってある倉庫に行くと、卸《おろし》業者とグウィンが何やら言い合っていた。それをクレムがたしなめている。

「ど、どうしたんですか？」

声をかけるが、クレムにそっと扉の外へ出されてしまった。

「アラン、ここは私に任せてください。あなたは診察の続きを」

「で、でも……」

彼の背中越しに見える卸業者は、普段、診療所の誰にでもにこやかに挨拶してくれる人だ。なのに、今はグウィンを険しい顔で睨んでいる。

「大丈夫。ちょっとした小競り合いですから」

アランを心配させまいとしているのか、クレムは爽やかな笑顔を見せて言った。誰かが怪我でもするのではないかと心配になったが、アランは言われるまま診察室に戻った。

幸いにもあれから大きな声はしない。どうにか穏便に済んだことを祈るばかりだった。最後の患者を帰したあと、穏やかな様子のクレムが診察室に入ってきた。傷一つなく、着衣の乱れもないので、おそらく荒事には発展しなかったのだろう。

アランはひとまず胸をなで下ろした。

「診察も終わったことですし、お茶を淹れますね」

「ありがとうございます」

クレムは優しい笑顔を浮かべて、机にティーセットを置いてくれた。いつものように、バターと砂糖をたっぷり使った茶菓子と特製のブレンドティー。こういう気遣いができるのが、大人の余裕というものなのだろうか。

「何があったんですか」

アランは単刀直入に聞いた。その質問を予想していたように、クレムは一呼吸置いてから、顛末を話してくれた。

グウィンが、品質が悪いと指摘したらしい。葉の大きさがまちまちで、成長しきっていないものと一緒くたになり、一定の品質に達していない、と。

（確かに、値段は同じだけど少し質は落ちたよな……）

長らく診療所を守ってきた父の引退に伴い、まだ年若いアランが院長を務めることになったので、軽く見られているのだろうか。だが、今あの業者に契約解除されたら、他に頼めるところを探すのにまた時間がかかる。その間、患者に薬が渡せなくなる。

「指摘は至極まっとうでしたが……彼の枷を見て、業者も腹に据えかねたようで」

頭を抱えため息をついたクレムを見て、アランの胸に苦いものが広がった。

薬草の栽培や研究を行ってきたグウィンにとって、見過ごせるものではなかったのだろう。だが、どんなに指摘が正しくても、アルファだからという理由で、拒否される。

「私が間に入って、なんとか矛《ほこ》を収めてもらいました」

「それは……、大変だったでしょう、ありがとうございました」

アランが深く頭を下げるとクレムは鷹揚に笑った。

「いえいえ！　あなたの笑顔を守れるなら、これくらいお安いご用ですよ」

「あの、それで、グウィンは……？」

「倉庫の片付けをしてもらっています。もうすぐ終わると思いますよ」

それを聞いて、アランはようやくほっとした。テーブルに置かれたハーブティーを口にする。クレムによると、ミントやカモミールなどすっきりする風味のほかに、疲労を回復させるハーブも入っているらしい。

体が温まり、しだいに力が抜けて頭の中がふわふわしてくる。

「やれやれ。アルファであることは気にしませんが、血の気が多いのは困りますね」

「すみません。本当は、そんな人じゃないはずなんですけど……」

「ふーん。やけに庇いますね？」

怪しむようなクレムの口調が怖い。顔をのぞき込まれると、グウィンへの気持ちを悟られてしまいそうだ。

「庇ってなんか」

クレムが眼鏡を外し、薄い緑色の瞳が現れる。小首を傾げて微笑む彼に、心の中を見透かされているようで、少しどぎまぎしてしまう。彼には隠し事をするのが難しい。

ふいに手を重ねられて、体が小さく飛び跳ねる。

「私はあなたの力になりたいんです。確かに引退されたお父様からは、『ぜひとも息子の婿に』なんて言われましたけど。頼まれたからではなく、心からそう思っています」

「え、あ……」

言葉に詰まる。クレムが嫌いなわけではないが、気持ちには応えられない。かといって、意中の相手がいると言えば、グウィンのことを知られるかもしれない。

どうしよう、と答えあぐねていると、診察室の扉がノックされ、グウィンが顔を出した。

「終わりました」

倉庫の片付けを終えたグウィンが戻ってきたのをいいことに、アランはさっと手を離し席を立ってグウィンのもとへ駆け寄った。

「あっ、おつかれさま！」

声をかけてから、また無視されるかなと思ったが、グウィンはなんだかしおらしくしていた。いつものようにぶっきらぼうな態度ではない。

「クレムさん、今日はありがとうございました。もう上がってください」

「……わかりました。では、これで」

グウィンは何か言いよどんでいたが、ようやく小さな声で切り出した。

「すまなかった。事情も知らないで、勝手なことをした」

あの業者に支払う報酬に対して商品の質が悪いのは本当のことだ。ましてや何の非もないグウィンを罵るなんて、許されるべきではない。本来はグウィンが謝る必要なんてないのに、もどかしくて切ない気持ちになる。

「ううん。十年も経ったんだもの、知らないことがあったって仕方ない」

「俺がアルファじゃなかったら、少しは話、聞いてもらえたんだろうけどな」

今の彼は少し落ち込んでいるように見えた。

あちこち掃除したようで、グウィンが汗をかいているのに気づいた。肘枷のせいで額の汗を拭うのにも苦労するようだ。それだけでなく、革製の口枷と頬がこすれて、傷になってしまっている。

アランは診察机の引き出しから軟膏《なんこう》を取り出した。

「かがんで」

グウィンは不思議そうな顔をしていたが、アランに言われたとおり、少し背をかがめる。傷に軟膏を塗ろうと手を伸ばすと、なぜか後ずさった。瞳が戸惑いで揺れている。

「な、なんだよ」

「なにって、軟膏だよ。枷が当たって傷になってる」

「別に、たいしたことねえよ」

「薬を塗るだけだから、ちょっとは言うこと聞いてよ」

渋々といった様子で、グウィンはアランが塗りやすいように顔を傾けた。傷にあまり触れないよう、慎重に塗りつけていく。

「僕はグウィンの話、ちゃんと聞くよ」

「……そうかよ」

無視されないだけまだいいが、視線を合わせない彼の口調は投げやりだった。

勝負という名目だが、グウィンに自信を取り戻してほしい気持ちは変わらない。またいつか、昔のような関係に戻りたいが、グウィンが心からやりたいことを見つけたら、その先の二人の道は交わらないような気もする。

薬を塗り終わったことを伝えようとして目線を上げると、グウィンの青灰色《あおはいいろ》の瞳がすぐそばにある。再会初日に押し倒されたのが気まずくて、アランはしばらくグウィンと距離を保っていた。こんなに近づいたのは、初日以来だ。

皮肉や怒りではない、グウィンの素直な感情の発露に目が離せない。

「あの、グウィン、僕――……」

想いを口にしようとしたとき、それは突然やってきた。

どく、と心臓が痛いほどに鳴る。

（あ……だめだ）

下腹部を中心にして、さざ波が広がっていく。十五歳の頃から三ヶ月に一度、規則的にやってくる、はた迷惑な生理現象。

ようやくグウィンと話ができるのに。

間が悪い自分の体を恨むが、変化を止めることなどできない。布がうっすらと肌をかすめる感触すら刺激となり、腹の奥まで疼き始めた。

力が入らなくて、立っていられない。

「アラン？」

崩れ落ちぺたりと座りこんだアランを見て、さすがにグウィンも焦っているようだ。助け起こそうと膝をつき、手を差し伸べてくれる。

咄嗟の行動に、グウィンの優しさを感じて嬉しくなった。けれど、喜んでいられたのは一瞬だった。

初めてヒートを起こしたあの時の光景がアランの脳裏をかすめる。本能のままに、グウィンを誘った自分の、甘ったるい声。グウィンの未来を奪ってしまった、あの瞬間が蘇る。

またグウィンを傷つけてしまうかもしれない。

「さ、触らないで」

肩に触れようとしたグウィンの手がぴたりと止まった。口枷の中にフェロモンの香りが届いたのか、すべてを察したように眉根を寄せた。

「ヒートか」

「う、うん。悪いけど、クレムさんを呼んできて……」

浅い呼吸を繰り返しながら、そう伝える。

ヒート中のオメガの手助けは、第二性をもたない女性か、フェロモンに反応しないベータの男性が推奨されている。看護師の女性たちは帰っている時間なので、クレムに頼むしかない。

それはグウィンもわかっているはず。しかし、怒気を孕んだような声が降ってきた。

「なんで、あいつを頼るんだよ……」

何かを言われたが、徐々に意識が不明瞭になっていくアランにはわからなかった。

「グウィン、お願い」

グウィンを守るためという意図を伝えられない。なんとか自我を保ったまま、弱々しく懇願すると、グウィンは無言のまま急ぎ足で退室していった。

ほどなく、ばたばたと慌ただしい足音が聞こえてきて、アランはそっと揺すられた。

「アラン、大丈夫ですか？」

幸運にも、クレムはまだ院内にとどまっていたらしい。ひとまず二階に運んでくれるよう頼むと、快く了承してくれた。

クレムに横抱きにされたアランは焦点の合わない目でグウィンを探した。ぼやけた視界に捉えた彼は心なしか、心配そうな顔をしている。

謝りたくて手を伸ばすと、グウィンが受けとろうとしてくれる。

「触るな！」

グウィンの手がアランに届く前に、クレムが強くグウィンを叱責した。背中で庇われたため、グウィンの姿が見えなくなる。クレムを諌めようとしたが、声が出ない。

最後に一瞬見えたグウィンは、今までにないくらい悄然としていた。傷ついた子どものような顔に、胸が締めつけられる。もう二度とあんな思いをさせないと誓ったから、彼を遠ざけたのに、結局また悲しませた。

情けない自分への怒りで今にも叫びたくなる。それなのに、欲情がすべてを押し流していく。

「はぁ、はぁ……」

下腹部からじりじりとした熱が生まれてくる。自分の鼻でもわかるくらい、フェロモンの誘惑香が空気中を漂っていて、吐き気を覚える。

「アラン、少しでも水分をとらないと」

アランをベッドに下ろしたクレムが口許に水を運ぶが、アランは力なく首を横に振った。

脱力感と吐き気で食事はおろか、水分をとることもおっくうだった。ヒートが始まって数年は、こんなにきつくなかった。それなのに、ここ一年ほどはずっとこんな調子だ。

底なしの情欲を抱えながらそれを発散できない不満が、不快感となって襲ってくる。

この熱を鎮めてくれるなら誰でもいいと、オメガの本能がいつものように訴えてくる。けれど、アランはそれに抗うように、長い夜をずっと一人で耐えてきた。

アランの中心はもう痛いほどに張り詰めていた。荒い息で性的衝動を逃す。そんなアランを気遣ってか、クレムが手を伸ばしてくる。

「アラン……苦しいなら私が」

きわどいところを触るクレムの手に忌避感を覚えて、思わず払いのけてしまった。優しさであるとわかっていても、彼にどうにかしてもらおうという気にはなれない。膝を抱えるようにちぢこまる。

クレムはため息をつくと、アランにベッドキルトをかぶせて、それきり手を出してこなかった。気配が遠ざかり、ドアが閉まった音を聞くと、いっそ安心するほどだった。

いつの間にか浅い眠りに落ちて、目を覚ませば、部屋の中は暗くなっていた。ほんの一、二時間眠るつもりだったのに、夜になってしまったようだ。

ヒートはオメガの最も神秘的な期間とされており、「お籠り」「瞑想期間」などと呼ばれ、大切に世話をされる。ベータは匂いこそわかるがフェロモンには反応しないので、世話係は女性かベータが選ばれる。

けれど、ここ最近のアランは世話をしてもらうどころか、食事も水分もろくに摂れない状態だった。アランにとってこの三日間は、ただ苦しい時間をやり過ごすだけの行事で、神の末裔どころか、仕事をできないことが申し訳ないとすら思っている。

布が肌に擦れるだけで身もだえする。後孔は漏らしたのかと思うほどに濡れそぼっていた。濡れた布の冷たさと、肌に張りつく気持ち悪さが、小さい頃に風邪をひいたときの記憶を呼び覚ます。あの頃は、忙しい父母にかわってグウィンが面倒を見てくれたのだ。グウィンに隣にいてもらうのが何より安心できた。

「グウィン」

心細くて、つい名前を呼んでしまう。あの頃に戻ったかのような錯覚を覚えた。名前を呼べば、グウィンはすぐにベッドサイドにやってきて手を握ってくれた。けれど、今は部屋に誰もいない。当然、掌は空虚なままで、さっきより余計に寂しく感じる。

（来てくれるわけないのに……）

下着を替えようと、不快感をこらえてのそのそ起き上がった時だった。

部屋の扉がノックされた。

家政婦だろうか。そういえば、部屋の内鍵をかけていないことに気づく。起き上がったついでに鍵をかけておこう。

食べ物や飲み物の受け渡しは、特別にあつらえられた小さな窓で行える。重い体を引きずりながら扉に近づくと、訪問者もそれに気づいたようだ。

「アラン」

「グウィン……？」

ぼうっとした頭でも、彼の声だけははっきりと聞き取れた。幻聴かと思った。

「どうしたの？」

扉越しにグウィンのためらうような息づかいが聞こえる。少しの間を置いて、グウィンが切り出した。

「昼間、助けられなくて悪かった」

　まさか謝られるとは思わなくて、アランは言葉を詰まらせた。

　君のせいじゃない、と言いたかったが、熱に浮かされた頭ではあらぬ言葉を口走りそうだった。

「もう大丈夫だと思ってたのに、やっぱりだめだな。あの日……俺がアルファだとわかった日みたいに、お前を襲ってしまうんじゃないかって……それを、クレムさんに指摘されたみたいに感じて、恐ろしかった」

　あの時のことは、グウィンの心にも傷を残していたのだ。自分の第二性が晒けだされ、たった一度のラットでいくつもの可能性を断たれたあの日。

　なぜ自分がオメガで、グウィンがアルファだったのだろう。奪われるなら、平凡で何もできない自分こそが奪われるべきだった。

　グウィンなら、どんな未来でも望めただろうに。

　涙で視界がぼやけてくる。ヒートで昂ぶった心が、グウィンへの罪悪感でぐちゃぐちゃにかき混ぜられていく。

「ご、ごめんなさ——」

　悲しみが足から力を奪っていく。立っていられなくなって、アランは床に倒れ込んだ。

「どうしたアラン！　おい⁉」

扉越しに呼びかけられる。鍵は開いているが、グウィンは部屋に入ってこない。

当然のことだ。アルファはヒート時期のオメガに近づいてはならない。それ以上に、もう苦い記憶を掘り返したくないだろう。心配させないようにグウィンへ声をかけようとしたが、うまく声が出なかった。

「……開けるぞ」

（え……？）

ドアがゆっくりと開き、口枷をしっかりと押さえたグウィンが部屋に入ってきた。

「うっ……」

密閉した部屋の中にどろりと滞留したフェロモンを浴びて、グウィンが顔をしかめた。

口枷の中にはハーブやスパイスが仕込まれており、嗅覚を麻痺《まひ》させ、フェロモンの誘惑香をまぎらわすことができる。それでも、濃厚に香るアランのフェロモンは全部ごまかしきれるわけではないようだ。

「……カラモス領法で定められている通り、アルファはヒート中のオメガに接触してはならない。だが要件を満たした拘束具を装着している場合に限り、人命救助は可能となる。そういうわけだから、訴えるなよ」

（訴えるわけないよ……）

グウィンはあくまで冷静にラットを押さえつけているようだった。しかつめらしい文言を並べて予防線を張っているのが彼らしい。

　彼のたくましい腕に軽々と抱え上げられるが、下穿きが尻に張りつくくらい濡れているのが恥ずかしかった。彼の匂いを身近に感じると、さらに潤ってくる。

「グウィン……」

「あの時と同じようにはならないって、約束する。オメガのフェロモンにもだいぶ慣れたからな。……もうお前に怖い思いはさせない」

　グウィンが慣れた様子で目を閉じ、口枷に仕込まれた香草の匂いを深く吸い込む。うっすらと汗をかいているが、冷静さを失っておらず、呼吸も平静になった。

　ソファに布を敷いてアランを座らせると、グウィンはベッドのシーツを交換し、アランの寝間着を着替えさせた。肘枷があるので腕を前方に伸ばせないが、それを感じさせない器用さでてきぱきと作業を進めていく。

「大丈夫か？　ベッドに移るからな」

「う、うん」

　グウィンにしがみつくと、彼の体臭と薬草の匂いが混ざってふわりと香ってくる。子どもの頃と似ているけれど、どこか違う。いとけなく明るい面影《おもかげ》はない、若い雄の匂いだ。

　離れていた十年を感じさせる変化が、アランの胸をしめつけた。十年で傷つけられ続け、縮こまってしまった心と、伸びやかに成長した体のアンバランスさに、切なくなる。

クレムに触れられるのは嫌悪感すら覚えたのに、グウィンにはずっと触れていたい。そう自覚したとたん、せっかく替えたばかりの下着に、愛液がじゅわっと染み出した。

「あっ……」

グウィンの服が汚れてしまう。とっさに体をよじると、さらに愛液がどろりとこぼれて、床にぱたぱたと音を立てて落ちた。

これ以上、体が熱くなることなんてないと思っていたのに、恥ずかしさで耳まで熱が昇ってくる。グウィンは淡々と、再度アランの着替えを手伝った。優しくベッドに下ろされる。

グウィンは努力して自らの衝動を律する術を得たのに、自分は……。体すら満足に制御できないことが情けなくて、また涙がにじんでくる。

「ご、め……せっかく替えてくれた、のに」

「気にするな」

グウィンにもたれかかったまま動けない。

口枷があるとはいえ、グウィンも耐え続けるのはつらいだろう。優しさに甘えてばかりだ。

グウィンの匂いは心が落ち着く。けれど、同時に腹の奥から彼を求める声が聞こえてくる。

　グウィンは娼館で一番人気の男娼だった。どんな風に、どんな顔でオメガを抱いてきたのだろう。彼に抱かれたオメガがうらやましい。僕だって……グウィンにめちゃくちゃにされたい。

　冷静になったときに自己嫌悪で死にたくなるだろう言葉ばかりが浮かんでくる。

（もう、だめ……）

　オメガの本能にむなしい抵抗を続けていたが、もう限界だった。今すぐ発散しなければ、グウィンを襲ってしまいそうだ。

「ふっ、うぅ……」

　アランは下穿きを脱いで、下半身をさらした。指を後孔にあてがい、ためらいながら奥に進める。

　痛みはないが、指が体内に侵入してくる感覚は、いつになっても慣れない。慣れれば一人で快感を得て満足することもできるらしいが、アランのやり方がまずいのか、ただもどかしいだけであまり気持ちよくはない。

　けれど、今の状況では仕方ない。必死に体をかがめて、指を奥に進めたり、浅くしたりしながら、アランは自身の熱を鎮めようとした。体は快感を欲しているのに、うまく自分を慰められない。

「あっ、は……う、グウィ、ンっ。グウィン……つらいぃ、くるし、っ……こんなの、きもちよく、ないよぉ……」

胸を締めつけるような欲情と、圧迫感が苦しくて、アランはとうとう涙をこらえられなくなった。これから三日間も、胸をかきむしりたくなるような疼きに耐えなければならないのかと思うと、つらくてたまらない。今すぐグウィンにすがりつきたい。

「あぁ、う……もう、やだ、たすけて、グウィン」

「……わかったから、もう泣くな」

はあ、とため息交じりの声が聞こえて、アランはぼんやりと頭上を仰いだ。

「グウィン……まだ、いたの」

「ああ。出て行けって言われてないからな」

自ら指を差し込んで慰めていたところを見られていたなんて、恥ずかしいはずなのに、今はそれどころではなかった。グウィンの息は浅く速いが、態度は平静を保っているように見える。

「そ、それは」

「体きついんだろ。楽にしてやる」

グウィンが、そっとベッドに乗りあげてきた。

「でも……」

頭ではそう思うのに、アランの体はグウィンの体温が近づくだけで、歓喜に震えた。

触れてほしい。その長い骨張った指で、奥まで触ってほしい。けれど、そんな浅ましいことを言ったら、グウィンを買った客と同じになってしまう。

勝負だと煽ってまで彼を働かせたのも、周囲に無理を言って認めさせたのも、すべてはグウィンに償うためだ。アランがオメガに生まれたせいで、あの日、グウィンの未来を奪ってしまった。これ以上グウィンから奪う訳にはいかない。

けれど、アランの頭の片隅には、自分自身をそそのかす声が住んでいる。

——うそつき。本当は、これ以上グウィディオンに嫌われたくないからだろ。

——勝負のふりをすれば、少しでもグウィディオンと一緒にいられるからね。好きだからって彼をそばに置くなんて、ズルいよね。

——どうせ嫌われているんだから、一回くらいやったって変わらないよ。ヒートのせいにして彼に抱かれたって、誰もアランを咎めない。

——だって、アランはオメガなんだから。

「ちが、ちがう、僕は」

耳を塞いでも、恐ろしい声からは逃れられない。アランはうわごとのように「違う」と繰り返した。

けれど、本能がアランのあらがう意思を押し流していく。その証拠のように、フェロモンの香りがまた一段と強まる。

グウィンの表情も、押し殺すような息づかいも、余裕がない。我慢が限界に近づいている。

そばにいるだけでこんなにお互いを求めてしまうのだから、抗えるはずがない。

「再会したその日に、ひどいこと言っちまったし、信用ないよな。当たり前か」

「ちがっ、そういうことじゃ……君に、こんなことさせられない」

鎖が擦れる音が静かな部屋に響く。口枷と肘枷は、アルファの娼館でも同様だ。アルファがオメガを襲わないように、ほぼすべての場所で装着させられる。アルファがオメガを襲わないよう奪うものであり、転じてアルファのカーストの低さを象徴するものになった。

グウィンを好きだと知られたくない以上に、彼の尊厳を奪いたくないと思った。

グウィンが、男娼の仕事を不本意に思っていたのはわかっている。だから彼が前の仕事を思い出すことがないよう苦心していたのに。

「俺のこと、心配してくれるのか」

寄る辺ない子どものようなグウィンの瞳を見つめながら、必死にうなずく。グウィンの大きな手がアランの髪をそっと撫でた。ただただ優しい仕草なのに、体に溜まり続ける官能が溢れそうになる。

「オメガがそんなこと気にしなくていい。俺のことは便利な道具とでも思え」

胸がずきっと痛む。彼が道具のように扱われてきた年月を否が応にも想像させられる。

どんな言葉をかけていいかわからない。アランがグウィンを包み込むように抱きしめると、グウィンはアランが「処理」を受け入れたのだと思ったらしい。あやすように「それでいいんだ」と言った。

「枷がついてるから、万が一正気を失っても手は伸ばせないし、うなじは噛めない。それに、ラット状態のアルファから身を守るために攻撃するのは一応、合法だ。俺がもしそうなったら、これで俺を刺せ」

グウィンがベッドの脇のテーブルに置いてある小さなナイフを顎で指し示す。

だめだよ、と言おうとしたが、グウィンに服をはだけられて、それどころではなくなった。

グウィンの褐色の手が、アランの色白の肌にひたりと添えられる。長い指がアランの顎のラインや、首筋を確かめるように撫でていくだけで、腰骨からゾクゾクと快感が這い上ってくる。

鎖骨、胸骨、肋骨と、指の腹が骨の上の薄い皮膚をなぞっていく。決定的な部分には触ってもらえないのがもどかしい。

「グウィン、も、っと……強く触って」

胸の頂を突き出すように、自分で服をたくし上げてみせる。外気に触れた突起がツンと尖っているのを見られていると思うと、恥ずかしくて死にそうだったが、触れてもらいたい欲求が勝っていた。

グウィンが無言でうなずいてアランの方に手を伸ばそうとすると、しゃり、と鎖が音を立てる。肘枷のせいで手が伸ばせない。

「悪い、上半身にはあまり触れねえ」

オメガの安全のために考案された枷は、アルファの地位が底辺であることを決定づけるとともに、別の意味も存在する。今までアランはそれを否定してきた。けれど、こんな時になって思い知らされる。

お互いを抱きしめることも、口づけることもできない。オメガとアルファは、あらかじめ愛し合うことを禁じられているのだと。

「こっちに来て、俺に背中を向けたまま、腰を上げて」

アランは言われたとおりにした。両手をつき、グウィンに向かって尻をつき出すようなかっこうになる。後孔から再び、とどまる場所を失った愛液がとぷっとこぼれ落ちる。

グウィンの大きな手が背後から伸びてきて、アランの兆したものに添えられる。アランの性器からにじむ先走りを手にまとわせて、亀頭を包み込むように弄られる。

ぐちゅぐちゅとはしたない水音が大きくなる。たったこれだけでこんなに反応するなんて、羞恥で体が燃えそうだ。

グウィンの体温を感じるせいで、見られていることをどうしても意識させられる。好き

な相手にだらしなく痴態をさらして、なりふり構わず欲を満たしてほしいと乞う自分は、きっととんでもなく浅ましい姿をしているだろう。

次は根元から先端へ、先走りを使って滑るようにしごかれる。

（気持ちいい、何も考えられない……）

もっと強い刺激がほしくて腰を揺らし、自分を快楽の高みへ追い詰める。物欲しそうな動きに気づいたのか、アランの性器を包むグウィンの手に力が込められる。

絞るような動きが速くなり、感じる場所を的確にいじめられて、アランはあっけなく達した。

「早いな」

「あ、ぅ……」

背後を振り返ると、グウィンの手の中で自らの精液がてらてらと光っていた。後ろめたさもあったが、それ以上に不思議と高揚感を覚える。

射精して多少は不快感が薄らいだような気がするが、まだ足りないと腹の奥の器官が貪欲に疼く。

「足りないだろ」

グウィンの低い声が密やかにアランの耳をくすぐる。はしたない考えを読まれたのかと思って、アランは動揺した。けれど、グウィンはアランの欲深さを嘲笑することなく、体を気遣うように、慎重に続けた。

「オメガはな、前だけじゃ満足できないんだ……ここを」

グウィンの手がアランのもう一つの熱源――愛液をこぼし続ける場所に触れる。

「使わないと」

内緒の話をするかのような吐息混じりの声が、腰にぞわりと響く。

収まったはずの欲求が再び暴れ出し、アランはグウィンに向かって哀願した。

「うっ……グウィン、お、おねがい。ここ、つらい、せつないよ……たすけて」

必死で背後に手を伸ばすと、グウィンのスラックスのフロント部分で、窮屈そうに張り詰めているものにぶつかった。自分のものと比較するまでもなく、大きさは規格外だ。

跳ね返るような弾力やずっしりとした質量を感じて、恍惚としてしまう。グウィンの体はびくりとこわばったが、拒まれないのをいいことに手を這わせる。これが、ほしい。猛ったものに蹂躙されることを想像して、口内には勝手に唾液があふれてくる。

（グウィンが、僕で興奮してる……）

グウィンの体が反応していることに、この上ない喜びを覚える。もう何も考えられない。早く、めちゃくちゃに食い荒らしてほしい。

だがグウィンは、期待に反してアランの手を優しく除き、なだめるように囁いた。

「指でやってやるから、それで我慢しな」

た。
「え……」
がっかりした気持ちが顔に出てしまったのか、グウィンは気まずそうにため息をつい
た。
「グウィン、それ、苦しいでしょ……?」
言葉の裏に期待を押し隠して、同情のていでグウィンを誘う。はやく、グウィンの熱い
昂ぶりで貫いてほしい。
「聞くな、いちいち」
苛立たしげな声に、アランは萎縮した。フェロモンに反応しているだけであって、アラ
ンに興奮したわけではないのだと言われているみたいで、悲しい。
今はとにかく楽になりたくて、促されるまま、膝と手をついて彼に秘所を曝け出す。
「痛かったら言ってくれ」
「うんっ……うぅ、あ、はぁっ」
もう十分柔らかくなっているはずなのに、グウィンはアランの穴の縁をゆっくりとなぞ
り始めた。自分でしていた時は苦痛でしかなかったのに、グウィンに触れられたとたん、
ひくひくと反応するのが自分でもわかる。愛撫のひとつひとつが嬉しくてたまらない。グ
ウィンへの気持ちがそうさせるのか、オメガの本能にすぎないのか、もう判然としなかっ
た。

ただ、グウィンだけに触ってほしいと思った。

「口枷、スタンダードなやつ選んじまって残念だったな。開口器つきの舌が出せるタイプなら、ここ、舐めてほぐしてやれたのに」

（舐め、る……）

たしかに、娼館からは「本当に普通の口枷でいいんですか？」と聞かれた気がする。特注品は時間がかかるとのことで、なるべく早くグウィンを呼び寄せたかったアランは、通常タイプの口枷を選んだのだ。

その記憶とグウィンの発言が結びついて、脳内が淫らな想像で満たされた。あのグウィンの舌が最も恥ずかしい場所に侵入して、媚肉に絡みつき、唾液が愛液と混じり合う。想像しただけで、アランの性器は再び首をもたげた。

「あっ⁉」

太腿まで垂れた愛液のぬめりを借りて、グウィンの指がゆっくりと侵入してきた。

今まで誰にも触れられたことのない場所に触れられて、怖いのに、アランの体は快感ばかりを拾う。

「あ、あっ、奥っ……」

「痛いか？」

「痛くなっ、けど、う、あぁっ！」

すがるものがなくて、枕をぎゅうっと掴むことしかできない。神経の集まる場所をこするグウィンの指が温かくて、体は歓喜に震えた。

愛液でぬかるんだようになっているアランの中を、骨ばった指が探っていく。

「あぅ、んんっ……」

媚びた声が恥ずかしくて枕に顔を押しつける。見えないと余計にグウィンの指の太さや温かさを生々しく感じてしまう。グウィンの指がある一点を探り当てると、声を抑えきれなくなった。

「んっ、ふうぅ……う――っっ」

勝手に腰が上がって、グウィンの指を締め付ける。腹の奥が煮えたぎるように熱い。もっと。奥を掻き乱してほしい。

「指、増やすからな」

夢中で何度もうなずくと、宣言どおりもう一本の指が侵入してくる。

二本に増やされた指で、先ほどの場所を容赦なく責められる。撫でるように触れられたかと思えば、押し潰すように刺激され、情けない声が勝手に出てくる。

「あっ、お、っ……だめ、そこっ」

射精感が高まり、触ってもいないのに角度がついた性器がぴくぴくと揺れる。未知の感覚から逃がれたくてベッドを這おうとすると、腰を掴まれて戻されてしまった。

逃げ場のない快感が溜まって、腰の奥からあふれそうになる。今までヒートの衝動はただ耐えるだけだった。嵐のように翻弄される初めての感覚に、アランは本能的な恐怖を覚えた。

「いや、いやぁ、やだ、こわいっ。グウィン、たすけて」

「大丈夫、一回経験しちまえばどうってことねぇよ……ほら」

「っい、あ、あぁあっ……あ――っ」

会陰と腸壁越しにしこりを刺激され続けて、アランは生まれて初めて、目も眩むような絶頂を感じた。

目の前に火花が散り、息が詰まって声も出ない。内股が勝手にぶるぶると震える。射精など比べものにならないほどの快感であったにもかかわらず、精液を吐き出した感覚はなかった。

「中イキできたな。上手上手」

「あう……」

ひきつれた背筋をほぐすように撫でられると、安心感でほろほろと涙がこぼれた。

「あーあ、どろどろ」

ずるりと指が引き抜かれ、アランはふるっと小さく震えた。埋めるものがなくなった空虚な胎内が、また不満を訴え始める。

背中越しに見たグウィンの手は、粘ついた透明な液でどろどろに濡れていた。アランの愛液だ。自分の体から出たもので憧れの人の手を汚している。その背徳的な悦びが、アランの中で張り詰めていたものをぷつんと切ってしまった。

「さいごまで、してほしい」

熱に浮かされていても、はっきりとした口調だった。自らの唇が勝手にグウィンを誘う言葉を吐くのを、アランはどこか夢の中にいるかのように聞いていた。今すぐ、グウィンの熱を感じたかった。

「……いいんだな」

頭の中では最後の理性が「だめだ」と叫んでいる。けれど、本能はその声を無視した。うなずいてふり返ると、背中越しにグウィンと目が合った。

グウィンも理性とアルファの本能の狭間で戦っているのか、悩ましげに眉根を寄せてアランを見つめていた。青灰の瞳は潤んで、いくつもの光を宿している。強いまなざしに射貫かれて、思い知らされる。きっと自分も同じ顔をして、心も体もグウィンを求めているのだと——あの時と、同じように。

グウィンの手が伸びてきて、前を向かされた。

グウィンが荒い息を押し殺しながら、猛ったものをアランの小さな尻の割れ目にそっとあてがう。再び潤み始めた後孔に、傘の部分がこすられると、窄まりが食らいつくようにひくひくと蠢《うごめ》いた。

見えないけれど、尻の肉を左右に押しのけるような厚みがあるのを感じる。こんなもの、本当に入るのか。

「はやく……」

恐怖を感じるのに、気づけばかすれた声で懇願していた。

「……後悔するなよ」

鋭い息づかいが聞こえる。

「いい、からっ、早く……！」

その一言で、熱の塊がゆっくりとアランの体を拓き始めた。

不思議と痛みは感じない。けれど、その質量と熱のせいで、貫かれた瞬間に壊れてしまうのではないかと不安がよぎる。

「あ、あっ……、はい、るぅ、入ってくる……うぁあっ！」

最も苦しい部分を呑み込んだ。四つん這いで舌を突き出しながら、はあはあと浅い呼吸を繰り返す。本当に犬にでもなってしまったようだ。

アルファもオメガも、同じ獣でしかない。どうしてみんなそれがわからないのだろう。

こんなに、お互いを強く求めているのに。

「亀頭球《ノット》までは入れねえから、心配しなくていい」

亀頭球は狼や犬の雄にも見られる特徴で、陰茎の根元にある丸く膨らんだ部位を言う。アルファが狼になった夜闇と同一視される理由の一つだ。

腹の深いところまで届いているのに、グウィンの腰骨はアランに触れていない。それがもどかしくて、アランは腰を揺らしてグウィンを誘う。

「やだ、もっと、もっとして」

「……っ、お前なあ、こっちがどんな気持ちで耐えてると……」

睾丸のように膨らんだそこは本来、オメガの胎内で射精した際に陰茎が抜けないようにするとともに、精液が逆流しないようにする役割がある。

グウィンの屹立がくびれまで浅く引き抜かれ、肌がさっと粟立つ。

「いやっ、ぬかないで……！」

「うるさい」

腰を掴まれたかと思うと、再びグウィンの猛りが埋《うず》められた。先ほど刺激された腹側の浅い場所を、亀頭でゴツゴツと叩かれる。待ちかねた快感を与えられて、すすり泣くように喘いだ。

粘り気のある水音とアランの嬌声が静かな部屋に響く。荒い言葉遣いとは裏腹に、グウィンは従順で、ねだられるままにアランの弱い場所を穿った。

雁高の亀頭に襞をひっかかれるのがたまらなく気持ちいい。そのたびに、自分の意思とは関係なく雄根を締めつけて、それが余計に双方の快感を煽る。グウィンも噛み殺しきれなかった唸りを上げ、絶頂に耐えているのがわかる。

「ひ、あぁっ、うあ、グウィンっ……」

「は、すごいな。食いちぎられそうだ。そんなに気に入ったか？　これ……っ」

最奥でくわえ込もうとしているのに、亀頭球が妨げになっていることがもどかしい。

それでも貫かれているうちに、指とは比べものにならない快楽が襲ってくる。

密かに娼館を訪れるオメガは、これを求めて来るのだ。今までオメガの性質や本能を忌み嫌ってきたアランは、理解せざるを得なかった。その感覚を理解できることが、ただ悔しかった。

（僕は、いったい何をやってるんだろ……）

贖罪《しょくざい》のつもりでグウィンを呼び戻して、彼の居場所を作りたかったのに、失望させてばかりだ。グウィンだって、仕事でなければアランのことなど抱くつもりはなかっただろう。

空回りしている自分が情けなくて、消えてしまいたくなる。罪悪感で胸が潰れそうだ。

「グウィン……グウィディオン」

「あ？　なんだよ」

グウィンが荒い吐息の合間に聞き返した。

「ごめんなさい、僕、こんなはずじゃ」

腹の奥に響くような律動のせいでこみあげる射精感に耐えながら、かすれた声をなんとか振り絞る。

「アラン？」

グウィンが怪訝そうに、アランの顔をのぞき込んでくる。動きが止まると、物欲しそうにグウィンを締めつけてしまうのが、浅ましくて恥ずかしい。

「謝りたかったのに、僕が……っ、オメガなんかに生まれなければ……」

グウィンと離ればなれになってから、ずっと胸にしまいこんでいた思いを吐露する。

うわずる声を抑えつけるのが精一杯で、まともな言葉にならなかった。

こんなことを言えば、きっとグウィンに軽蔑される。冷たく当たられるのは覚悟していた。

「俺を呼び戻したのは、それを謝るため？」

アランは、答えられなかった。自分の中にあるグウィンを感じながら悲しみも快感もないまぜになって、心はただグウィンを求めていた。

「……ん、で……」

「そんな馬鹿なこと、十年間ずっと考えてたのかよ、おまえ」

「え？」

「うなじ、かっ、噛んでぇ」

　涙でこもった声を張り上げて、アランは懇願した。

　うなじを噛めば番が成立し、少なくともアラン以外のオメガのフェロモンに惑わされることはなくなる。場所を変えればベータとして生きていける。聡明な彼なら、知らない土地で新たな人生を始められる。アランのことなど忘れて――。

　それが、彼に対して唯一できる償いだ。

「……」

「ねえっ、噛んでよ、グウィン……っ。どうして、何も言ってくれないの」

　噛みやすいようにうつむいているのに、顔も見えず、声も聞こえないと不安になる。何度も「お願い」「噛んで」と懇願すると、グウィンの舌打ちが聞こえた。

　口枷越しの悩ましい吐息に耳を澄ませる。うなじを噛みたい本能的な欲求に耐えているようにも、嫌悪感をこらえているようにも聞こえて、本心はわからない。

　口枷をはずそうと、振り返って顔へ伸ばした手が押さえつけられる。

　グウィンに全て拒まれて、アランの目からはほろほろと涙がこぼれた。

「う、あ、あぁぁ、なんでだよ、どうして」

　グウィンに肘を掴まれ、上半身がゆっくりと起こされた。貫かれる角度が変わり、グウィンの屹立の先端がアランの弱点を探り当てる。文句を言う間もなく新たな快感が与えられて、不意打ちの刺激に声が漏れる。

汗で濡れた背中がグウィンの引き締まった体に温められて、気持ちがいい。

喉を反らし、はあはあと息をしながら射精感を必死に逃がしていると、グウィンの指がアランの顎をついっと引き寄せる。

わけもわからずグウィンの青灰色の瞳をそのきこむ。見とれていると、硬い革の口枷がアランの鼻にゴツッと当たった。

「いたっ」

軽い痛みだったが、アランは驚いて声を上げた。小鼻がじんじんする。

今のは一体なに？　頭突き？

「グウィン……？」

おそるおそるグウィンの様子を窺うと、彼は驚いたように目を見開いていた。気を乱したように揺れる瞳からは、グウィンが何を考えているのか分からない。

「今の、なに？」

「……っ！」

グウィンに尋ねたが、答えは返ってこない。かわりに、再びグウィンの雄根がアランを貫いた。

忘れていた快感の波が一気に襲ってきて、アランは高い声で鳴いた。

「ひっ、グウィン、っあ、もうだめっ、あぁ……！　ねえっ！　待って、な、なかっ、おかしい……ずっと、変なの」

「今さら、ここでやめられるわけねえだろ……！」

限界が近いのか、グウィンの律動が激しくなった。熟れた果実を潰すような音が淫靡に響き、アランの耳を犯す。亀頭球がはまりこむぎりぎりまで腰を打ち付けられ、否応なく絶頂へ追い詰められていく。アランは甘い悲鳴を上げた。

「グウィン、あぁぁっ、むり、もういいっ、もういいからあ……！」

強靱な腰の動きに、望み以上の快楽を与えられ続け、もう耐えることなどできなかった。

目の前が白くはじけて、アランは深く達した。

暴力的な快楽を与えられた後だというのに、頭も体もふわふわと浮いているような心地よさの中にいる。

膨張しきった雄芯がずるりと引き抜かれ、アランは力尽き、前のめりに倒れこんだ。背中に熱い精がぶちまけられる。

量が多く長い射精がそのままグウィンの劣情の大きさに思えて、アランは背徳的な喜びに震えた。

さっきグウィンの手を汚してしまった時とは逆だ。彼にだったら、どんなに汚されてもいい。心は重苦しいのに、グウィンへの思いが絶頂の多幸感とない交ぜになる。目からは涙があふれ、唇が勝手に笑みの形をつくる。

グウィンは荒い息を整えながら、アランの背中に放ったものを指ですくい上げた。

「……ヒートを和らげるにはアルファの精液を摂取するのがいい。知ってるよな」

グウィンに話しかけられるが、アランはしばらく何も答えられないでいた。グウィンの指がアランの口許に差し出される。導かれるままに、その指をくわえた。骨太で長い指を頬張り、指の股にまで舌を這わせて精液を舐めとる。

青臭い指をしゃぶるのに抵抗はない。むしろ、グウィンのだと思うと熱心に舌を絡めてしまう。

今まで一人で耐えてきた反動か、性的欲求の解放と充足によって、アランの頭のなかは蜜のようにとろけた。獣になり下がるのは、なんて甘美な悦びなのだろう。今まで必死に勉強した医学用語の一つも思い出せない。

(これが、ヒートなんだ。オメガの本能が求めることなんだ)

さんざん絶頂を迎えたからか、体の中を渦巻くような情欲から解放されて、アランの頭の中はようやくクリアになりつつあった。

先ほどのアランの望みを馬鹿なこととは言ったものの、グウィンの表情は思いのほか優しい。グウィンがふっとため息をつき、呆れたような目でアランを見た。

「それにしてもおまえ、あんな調子で、よく処女のままでいられたな」

「う……」

初めてにもかかわらずあんなに乱れてしまったのは、グウィンの責め方が巧すぎるせいだ。

抗議の声を上げようとしたが、荒淫の疲労で力が入らず、アランは起き上がるのを諦めた。疲れてはいたが、胸をかきむしるような苦しさや気分の悪さは消え失せていた。

アランがうとうととまどろんでいるうちに、グウィンが温かい湯とタオルを持って戻ってきた。

グウィンに丁寧に体を拭かれて人心地がつくと、身も心もすっかり落ち着きを取り戻す。冷静になると申し訳なさが先に立って、アランはぽつりとつぶやくように尋ねた。

「……さっき、どうしてうなじを噛まなかったの？」

グウィンが手許を狂わせて、湯をこぼしそうになった。慌てて洗面器を押さえると、グウィンが泡を食ったように焦り始めた。

「な、何だよ突然」

「うなじを噛んだら、番が成立して、君はベータと変わらない暮らしができるかもしれなかったのに。そ、それに、その……我慢できるものなの」

「知るかよ。誰がおまえと番になんか」

グウィンの答えは、明確な拒絶だった。やっぱり、という気持ちと、どうして、という気持ちが交互に顔を出す。

(自由になれるのに、それすら拒むの？　僕と番になるのは、そんなに嫌？)

考えてみれば、どこまでも当たり前のことだ。直接の原因ではないとしても、グウィンが苦境に立たされたのはアランがオメガに生まれたことが元凶なのだから。

好きな人と結ばれることもなければ、役に立つこともできない。このまま死んでしまえたらいいのに、と初めて頭にちらついた。

「そっか……迷惑だったよね。僕と番になんか、なりたいわけない、よね」

努めて明るく言ったつもりだったが、胸の痛みと動揺で、声が震えてしまう。泣くな、泣いたらグウィンに面倒がられる。自分を叱りつけながら、アランはこっそりと目許を拭った。こらえきれなかった涙を見られたくなくて、グウィンに背を向けた。

「ア、アラン、それは」

「ごめん。もう言わないから……忘れて」

「……」

ヒートの時は、思いもよらぬことを口走るものだ。それは、数多くのオメガを客にとってきたグウィンもわかっているはず。

グウィンはまだ何かを言いたげだったが、言葉を呑み込んだ。

いつか恋人になることを夢見ていたけれど、夢は誰にも知られることなく潰えた。

「アラン。その、今日俺が来たことは」

「うん、誰にも言わないよ」

どちらが勝っても負けても、グウィンはきっとここを出て行くだろう。時が来ればきっと手放すから、せめてそれまでは、一緒に過ごすことを許してほしい。

ささやかな、けれどひどく欲深な願いを密かに抱く。

体力が限界を迎え、眠くなってきてしまった。重くなるまぶたにあらがえず、アランは眠りに落ちた。


パンが焼けた香ばしい匂いが鼻に届く。朝の明るい光が部屋中に満ちて、アランはすがすがしい気分で目覚めた。

ヒート中はいつもなら、不調とともに気だるい朝を迎えていたはずなのに、今から運動できそうなほど体が軽い。何より食欲がある。

匂いにつられて、アランはそっと体を起こした。微熱があって下半身がだるいが、ここ最近で一番体調がいい。

ここ一年ほど、ヒート中は飲食もままならなかったので、朝食を下げてもらうよう頼む事が多かったが、今日は食べられそうだ。

ドアに近寄ると、ちょうどいいタイミングで誰かがドアをノックした。ノックというより、つま先でドアを蹴っているような音だ。

「アラン、起きてるか」

グウィンだ。いたって普通の挨拶なのに、その声を聞いただけで、アランは昨日の情事を思い出した。

微熱が一瞬にして高熱になり、ぶわっと汗が噴き出す。

いつもと違い、フェロモンの放出が落ち着いて体調がいい理由は、一つしか思い当たらない。グウィンとセックスをしたからだ。

「お、おはよう」

今にも消え入りそうな声でそれだけ言う。グウィンにとっては慣れた行為だったかもしれないが、何しろアランにとっては生まれて初めてのことだったのだ。それも、十年思い続けた相手との行為となれば、なおさら特別だった。

「朝食を持ってきた。手が塞がってるから受け取ってくれ」

そう言われて、アランははっとした。グウィンは肘枷をしているので、日常生活にも制限がかかり、普通ならなんでもない動作すら、難しくなってしまう。

あわててドアをあけると、グウィンはすでに仕事着に着替えていた。どろどろに体液にまみれたアランの清拭と着替え、シーツ交換まで済ませてくれたのに、疲れた様子ひとつ見せない。

シャツもスラックスも、彼の体にぴったりとなじんでおり、引き締まった体躯や長い指に、つい目を惹かれる。朝食を運び入れる時、ほのかに香った彼の匂いでもうだめだった。

（だめだ、思い出すとまた……）

昨夜だけで何度も絶頂を迎えたというのに、快感の記憶を反芻《はんすう》しているだけで再びアランの中心は兆し始め、後孔は潤いを帯びた。

口枷越しでも微量なフェロモンの香りを感じるのか、グウィンは少し苦しそうな顔をした。

「ごめん、僕、また」

抑えられるわけがないのに、アランは首を隠すように寝衣を巻き付けた。

昨日のこの時間までは未経験だったというのに、自分がとんでもない淫乱になってしまったように感じる。グウィンに呆れられるのが恥ずかしくて、彼を外へ押し出すと部屋の扉を閉めた。

「夜にまた」

扉越しに、アランにしか届かないようなささやきが聞こえた。

アランはベッドに体を投げ出す。かすかにグウィンの残り香があるような気がして、アランは昨日の情事の記憶をまた反芻した。

昨日は、本能のままにグウィンを求めてしまったけれど、思い返せば色んな場面で気を遣ってもらったことに気づく。

本当は誰よりも優しいのに、それを知る人はあまりいない。グウィンに助けられた方は気づかないうちに楽になっている。優しさに気づいたときにはとぼけられて、お礼を言わせてくれない。昔からそうだ。

都合のいい想像だとわかってはいても、その優しさに自分への好意が残っているのではと期待してしまう。彼の『他人に気を遣わせない気の使い方』はやさぐれていても変わらない。

しかし、その後に添えられた言葉にはたと気づいてしまった。

(いやちょっと待て、『夜にまた』ってことは、また昨日みたいなことを……!?)

体中を一気に血が駆け巡り、アランの顔はまたゆだるように熱くなった。

どうしよう。もしそうなら彼が来る前に身ぎれいにしておきたい。けれど、予想が外れたらからかわれそうで恥ずかしい。

本人に確かめようとしても、きっと意地悪な冗談でごまかされてしまうだろう。それはなんだか、「負け」な気がする。

オメガとアルファの地位は絶対に覆らない。少なくとも、今後数世代は。それなのに、アランはグウィンにずっと勝てないままだ。

グウィンを支えようと思う気持ちだけが空回りして、結局いつも支えられている。本当は今もずっと負け続けている気がする。

だからこそ、この勝負にはどうしても勝ちたい。

「君は昔と変わらず素敵な人なんだって、どうやったらわかってくれるの……」

日が高いうちは、本を読んだりうとうとしたり、大人しく過ごしていた。日没まではあまり感じなかったが、時間が経つにつれて、ヒートの症状が再燃してきた。

初日より軽いものの、頭がはっきりしているせいか、自慰でも発散しきれない性的衝動が暴れ回るのをより鮮明に感じる。

待ちかねたノックの音、鎖がこすれるかすかな音もする。アランは熱に浮かされながらふらふらとドアへ近寄った。

「アラン」

低く耳に染みこむような声に名前を呼ばれると、体の奥から熱いものがわき上がってくる。

神話の国産みの男神は、狼の悪神にかどわかされて姿を消したという。だがそれを現実のアルファとオメガになぞらえるには、ところどころ噛み合わない。お互いに惹かれ合う性質を持っているのに、どうして引き離されなければならないのだろう。

アランは鍵を開けて、グウィンを招き入れた。

グウィンはフェロモンの誘惑香を嗅ぐと苦しそうな顔をする。アランの顔など見たくないだろうに申し訳ないけれど、あからさまにしかめられた顔には負い目を感じる。

「嫌なら来なくてもいいんだよ」

昔、こんな風にいじけてみせたことがあったのを思い出す。彼に向かって「いじけた性根をたたき直してやる」と豪語したのはアランの方なのに、身勝手にもほどがある。

昔のグウィンなら笑って許してくれたと思うが、今はどうだろう。きっと面倒くさそうにため息をつかれるのがオチだ。

「助けてって言ったのはおまえだろうが」

グウィンは後ろ手にドアを閉め、そのまま施錠した。

至近距離にグウィンが迫ると、空を見上げるくらいの角度で頭を持ち上げなければならない。グウィンの手がアランの腕を掴んだ。そのまま顔が近づいてくる。

(あ、また頭突きされる……！)

鼻への衝撃に備えてぎゅっと目を瞑ったが、グウィンは何もしてこない。

「何やってる？」

「え？　こ、これは……きのう、君に頭突きされたから」

「頭突き？」

「ほら、口枷で、鼻にごつんってされた」

アランの答えに、グウィンは「なっ」と驚いて後ずさった。

「いや、違っ、あれは……いや、やっぱり違わない」

「……？」

奇妙な答えだと思ったが、結局あれは頭突きだったようだ。それにしては打点が低いような気もする。位置だけで言えばキスと言ってもいいような。

（いや、それはさすがに都合がよすぎるだろ……なに考えてるんだ）

そもそも、憧れのグウィンに抱かれるなんて、今以上に都合がいい状況が他に存在するだろうか。アランは考えを巡らせる自分を無理に説き伏せた。もう難しいことを考えられるほど、頭が回らない。

体はふたたび、オメガの本能に忠実に動きだした。

「ほら、また『助けて』ほしいんだろ」

グウィンに軽々と抱きかかえられ、ベッドに乗せられる。腹の奥の器官が、精を受けとめたいと熱く疼き始めた。

オメガの本能は、グウィンにまた抱かれることを待ち望んでいる。

過度な期待はしないよう、あくまで仕事と同じ、ただの親切なのだと自分に言い聞かせる。そうでもしないと、勝手に勘違いしてしまいそうだった。欲情で掠れた声も、腰を強く掴む手も、数度射精しなければ勢いの衰えない雄の象徴も……。

そうやって、グウィンがアランを愛している可能性などかけらもないと切り捨てるたび、グウィンへの思いが純粋に、強固になっていくような気がした。

求めるほどに傷つく。

これが恋でなくてなんなのだろう。


周期の不順はあったものの、ヒートはきっかり三日で終わった。この三日間、夜になるたびグウィンと寝乱れては日中だらだら過ごすという、なんとも怠惰な生活を送ってしまった。

生まれてこの方初めてだ。今までは健全に過ごしてきたというのに、我ながらただれている。しかも、告白すらしていない相手に……。アランはひとり赤面した。

もっとも、そのただれた生活のおかげですこぶる体調が良いのだから、オメガとしてはきっとこの過ごし方が正解なのだろう。

グウィンのおかげだ。

アランのヒートは重かったが、グウィンはよく耐えてくれた。ラット状態から暴走しないばかりか、動けないアランのために、事後の処理まで。

娼館で多くのオメガの客を相手にしてきたグウィンだからこそできた対処だと思う。もしこれが勝負の内容に関わっていたなら、アランは全面敗北だっただろう。

とはいえ――

（それって、僕は娼館のお客と変わらないってことだよね。すごいと思うけど……所詮は耐えられる程度、だったんだよね）

アランはグウィンの香りを嗅いだだけで我慢ができなくなるほどなのに、彼がアランを抱くのは仕事と変わらない。想いが一方通行すぎてむなしくなる。

グウィンが男娼としてオメガの相手をしていたことも、彼が好き好んで選んだ道ではない。なのに、胸の中に嫉妬が渦巻いてやまないのだ。ずっと好きだったのは僕なのに。

いっそ衝動に任せて孕むまで犯してくれたなら、と。

アランはふるふると首を横に振って、恨みがましい思いを頭から追い出そうとした。

（グウィンが耐えてくれたから、今、僕も彼も一緒にいられるんじゃないか。あとで彼にお礼を言わなくちゃ）

今回は食欲もあり、体力が回復するのも早い。朝食のパンとスープをおかわりすると、家政婦が驚いていた。

「まあ院長、今回はずいぶんお顔色がよろしいですね」

「そっ、そうですかね⁉　なんだかすごく美味しくって！」

家政婦には毎度、ヒート明けのボロボロの姿を見せていたので、朝食をもりもり食べる姿は異様に映ったのかもしれない。

まさかこれくらいでグウィンと体を重ねたことがばれるわけはないと思うが、アランはひやひやした。父の代から長く家政を差配しているだけあって、彼女は実に細かいところまでよく見ている。

アランは余計なことを言わないよう無言で朝食にパクついた。

診療開始時間まであと一時間だ。そろそろ階下へ降りようかという時、クレムが階段を上がってきた。

「アランロド！　ずいぶん元気そうですね。顔色がいいので驚きましたよ」

クレムがハグをしてくれる。彼にもずいぶん心配をかけてしまったようだ。アランも軽く抱擁を返した。

「かわいそうに……妊娠出産すればここまで苦しむこともないのに」

クレムが嘆かわしげにため息をついた。彼は良くも悪くも、アランをオメガとして丁重に扱う。ベータだろうが女性だろうが、丁寧に接していることにはかわりないのだが、アランへの接し方は大げさなほどだ。

「そもそも相手もいないですし」

ははは、と笑って受け流そうとしたが、クレムはアランの両手をとって、緑色の瞳で熱っぽく見つめる。

「ヒートがつらかったら、私に頼ってくださって構わないんですよ」

いつもならただお礼を言って終わるのに、今度ばかりはできなかった。眼鏡の奥のあまりに真剣な瞳にどう返していいかわからなかったからだ。

答えあぐねていると、クレムは視線を外して、照れくさそうに笑った。

「なんて、格好つけちゃいましたけど……あなたの気持ちが一番大事ですから。忘れてください」

「いえ、優しい心遣いに感謝します」

アランは素直に頭を下げる。少々強引ながらも、クレムが心配していることはわかっているつもりだ。グウィンもこのくらいわかりやすかったら、すぐにお礼が言えるのだが。

「それにしても、グウィディオンに何かされませんでしたか？」

いきなり核心をつく質問に、アランは内心飛び上がりそうだった。自分の顔が真っ赤に染まっていないか心配になる。

「なにかって？」

「いえ、まあ……恩を仇で返すような人間だと疑ってるわけじゃないんですが。拘束具をつけていますが、危険を感じたりしませんでしたか？」

クレムの質問の意図を察して、アランは辟易した。

(やはり多くの人はアルファをそんな風に見ているんだな。グウィンは……アルファはケダモノじゃない)

ヒート初日のことを思い出す。グウィンは、自制する方法を学んでいた。欲望を抑えられず、グウィンを誘ったのは自分の方だ。

「いいえ、何も。危険を感じるどころか、僕がいない間、薬草学に精通した人がいてくれたおかげで心強かったですよ」

クレムは納得いかない様子だったが、「それならいいんですが」と話を終え、階下に降りていった。

世間のアルファに対する偏見は根深いものがある。けれどグウィンはアランを傷つけまいと必死だった。そんな彼の優しさが、一人でも多くの人に伝わればいいのにと願わずにいられなかった。好かれていないとわかっていても、グウィンに会いたくてたまらない。

そこへ、グウィンが音もなく食堂に入ってきた。自室で摂った朝食の食器を下げに来たようだ。気配を消そうとしていた彼に気づいて、アランは明るく声をかける。

「グウィン、おはよう」

「……ああ」

グウィンは目も合わせず、挨拶もそっけなかった。あの三日間が嘘のような態度で、少し切ない。

アランは小走りでグウィンの前に回り込んだ。目を見て挨拶したくて、少し背伸びをする。目が合ったグウィンは、気まずそうに視線を泳がせた。

ヒート中の三日間とは違って、ひどく頼りなげな様子だ。

（もしかして、さっきの話を聞いてたのかな……）

クレムは、グウィンがヒート中のアランを襲ったと疑っていた。実際に誘ったのはアランだが、ただでさえアルファが責められる世の中なので、心配しているのかもしれない。

「一緒に行こう」

アランはグウィンの手をとって軽く引っ張りながら、階段を降りていく。

「おいっ、手なんかいらねえ」

グウィンはうろたえていたが、アランは構わず手をつないでいた。こわばった手から緊張が伝わってくるような気がした。けれど、嵐のような情欲に翻弄された意識の中でも、この手がアランを優しく抱き、甘えさせてくれたことを覚えている。グウィンの優しさに何度も救われた。その気持ちが、ほんの少しでも、つないだ手を通して彼にも伝わればいいのに。

それとも、グウィンはアランを抱いたことを後悔しているだろうか。

振り返ると、グウィンの瞳が苦しそうに瞬く。

「やめとけよ。嫁入り前のオメガがアルファの手なんか握ったら、嫁ぎ先がなくなるぞ」

「いまのところその気はない。君との勝負に勝つまではね」

グウィンへの気持ちは、今まで言葉にしたことはなかった。けれど、もしかしたら態度でとっくにばれているのかもしれない。ほとんど告白したようなものだが、グウィンは特に反応しなかった。

「はぁ……。弱いくせに昔から頑固だよな、おまえ」

グウィンは呆れたようなため息をついた。アランの手を振りほどくのはもう諦めたようだ。

階段を降りきったところで、自然につないでいた手が離れる。

「すぐ復帰なんかして大丈夫か？」

心配そうに聞かれ、また彼の優しさを感じて嬉しくなる。

「うん。休んでいたぶん頑張らなきゃね」

冷静に考えると、体を重ねた相手と手をつないでいる状況が恥ずかしくなってきて、アランは照れ隠しで大げさな身振り手振りをした。

グウィンはあまり反応せず、持ち場の掃除を始めた。いまだに心を開いてもらえないのは寂しいが、あせらず関係を構築していくしかない。

（なんて言ってるけど、告白よりも先にあんなことしちゃったしな……）

百戦錬磨のグウィンにそんなことを言おうものなら鼻で笑われるだろうが、アランにとっては順序も大事なことだった。

気を取り直して診察の準備をしようとしたとき、ほうきを持ったグウィンが診察室に入ってきた。アランが掃除かと思って席を立とうとすると、グウィンは机になにか小さな包みを置いて何も言わずに出ていった。

包みをそっと開けると、ミントのキャンディが入っていた。懐かしい。ほんのり甘く、さわやかな香りが好きで、グウィンの家に遊びに行くたびにこれをもらっていたのを思い出した。早速口に含んだキャンディをころころ転がしていると、包み紙の端っこになにか文字が書いてあるのを見つけた。

——無理するなよ。

小さな文字で、それだけ書いてあった。たったそれだけで、アランの心はあたたかくなる。

アランはドキドキと駆け足になる心拍をなだめながら、包み紙を大切にポケットへしまいこんだ。

「そういうわけだから、眠れるように芥子《けし》末を出してくれよ、若先生よぉ」

「……いいえミュラーさん、先ほども申しましたように、まず薬に頼るのではなく生活習慣を改善する方が先です」

今にも杖を振り上げて怒りそうな老年の患者を前に、アランはたじたじになっていた。

若先生なんて呼ばれてはいるが、こうして強い態度に出てくる患者もいる。

「なんだぁ？　老い先短い老人から眠りを取り上げようってのかい？」

「そういうわけでは……」

どうしたものかな、とアランは思案した。

芥子末は確かに眠気を誘うが、同時に、強い痛みを麻痺させるほどの効力を持ち、依存性がある。正しく使わないとメリットよりデメリットの方が大きくなる。

効能を懇切丁寧に説明しても、どうにも理解してもらえない。

彼はアランの父が現役だった頃から不定期に受診してくる患者だった。父もかなり長い時間をかけて、根気強く相手をしていたのを思い出す。

父はひげをたくわえ、威厳のある姿をしていた。見ようによってはまだ十代に見えてしまうアランは、患者から頼りないと思われているのかもしれない。

(僕も、診療時間内だけつけひげでもつけてみようかな……じゃなくて)

毅然とした態度を崩さないように気を張っているが、それだけでは納得してもらえない。考えあぐねていると、机のすぐそばの小窓がコンコンと叩かれた。

ガラスの向こうに褐色の指が見える。グウィンだ。

診察室のとなりは薬を調合する部屋になっている。普段は小窓から処方箋を渡したり、調合師から確認を受けたりしている。前までは、アランの指示を受けて調合師に調合だけ担当してもらっていたが、今はグウィンが薬師として働いてくれているので、指示から処方までのスピードが段違いだ。グウィン自身も、人前に姿を見せず黙々と働ける環境が合っているようだった。

そのグウィンが、アランに何か伝えようとしている。

アランが小窓を開けると、グウィンの指先に挟まれた一枚のメモが差し出された。受け取って開いてみる。

『俺が説明しようか？』

すぐにその内容を読み取り、アランは自然と笑顔になった。

メモに、ありがとうとだけ書いて、小窓の前に置く。気づかってくれるのは嬉しいけれど、助けてもらってばかりのアランではない。

「まったく、医者だからってこんな若僧が生意気な口を」

まだぶつぶつと文句を言っている患者に、アランは振り返った。

「あの……ミュラーさん、芥子末の価格はいくらかご存じですか？」

「あぁ？」

アランは薬草図鑑を開き、芥子末のページを見せた。取り扱いと、薬価を見て、彼は目を丸くしていた。

「芥子末は法律の改正で最近取り扱いが厳しくなり、簡単に処方できなくなったんです。それに、もともと希少なものですから非常に高価です。ですから、かわりにこういうのはどうでしょう？」

アランはメモ帳に、ストレスをやわらげ、精神を落ち着かせる効果のある、比較的安価な薬草の組み合わせを書き込んでみせた。主要な効能と、芥子末より安価であることも言い添える。

グウィンと一緒に働くことを夢見て、アランは薬草学に学習の時間を割いた。本気でグウィンを超えるために、薬草一つ一つの価値や希少性まで頭に叩き込んだのだ。

まさかそれだけでグウィンに勝てるとは思っていないが、患者の心に最も訴求する知識として、時折こうして役に立つこともある。

「眠れないことで、さぞおつらかったでしょう。まずは、あなたのストレスを取り除いて安楽に過ごせるようにしてみませんか？」

薬草学の知識に、アラン自身の言葉を乗せる。医師にとって、患者の言葉に共感と理解を示すのは、基本中の基本であるとともに最も重要なことだ。

患者はむむ、と唸ったあと、少し考えてアランの提案を受け入れた。内心でほっと胸をなでおろす。

　グウィンの手は借りずに済んだが、あの小さな紙片がアランに勇気をくれたような気がして、頬がゆるんだ。

　患者が診察室から出て行ったあと、アランは小窓をコンコンとノックした。グウィンがほんの少し窓を開ける。

「グウィン、さっきはありがとう」

「……別に、俺はなにも」

「メモをもらって、心強かったし、本当に嬉しかった。グウィンならどうするかなって考えながら説明したんだよ」

「あの組み合わせは、なかなか考えつかない。肝臓に負担がかからないし、神経を落ち着ける効果もある。……いい判断だと思う」

　グウィンは本心を隠すが、仕事に関しては別だ。嘘のない、純粋な褒め言葉だった。

　グウィンに認めてもらうのは、格別の喜びがある。アランは口角が勝手に上がっていくのをなんとかこらえなければならなかった。

「ま、ああいう手合いには値段の話をしてやるのが一番だ。おまえも案外やるな」

　にやりと目が笑っているのがわかる。嫌味でない、まっすぐな賞賛が嬉しい。

「さっきの話し方、おまえの親父さんみたいだった」

そう言い残してグウィンは仕事に戻っていった。

子どもの頃はグウィンも、風邪や怪我で父の診察を受けていたことを思い出す。当時は患者の話をろくに聞かない医師が多かったが、アランの父は、まず丁寧に症状の聞き取りをしていた。父に師事した時間は少なかったが、今でもアランの中では大事な教えの一つだ。

(ちゃんと見ててくれたんだ)

グウィンが褒めてくれたのが嬉しくて、診療時間だというのに頬が熱くなってくる。もっと話したいところだが、次の患者が待っている。その日も来院者が途切れず、時間は慌ただしく過ぎていった。

「今の患者で最後です。今日は忙しかったですね、アラン」

「わ、ありがとうございます」

診察室にやってきたクレムがカルテを片付けながら、いつものハーブティーを出してくれる。看板を下ろす前に一口、と思ったところで、看護師が駆け込んできた。

「院長、最後にもう一人診ていただけませんか？」

「どうしたの？」

「それが、酒場で乱闘があったみたいで……左前腕と左前額部に裂傷と出血があります」

「わかった」

待合室に向かうと、大柄な男が額をおさえて長椅子にどっかりと腰掛けていた。ギラついた目つきは、手負いの獣を感じさせる獰猛さだ。確かに先ほどまで大暴れしていただろうことをありありと想像させる。

顔まわりの皮膚が赤らんでいるので、それなりの量の飲酒もしているのだろう。看護師が傷を確認しようとしているが、男が大声で怒鳴るため、怖がって近づけないようだ。

アランは、むんっと表情に力を込めて男に近づいた。

弱かった自分を変えるためならどんなことでもやってきた。医学生時代は、グウィンに一歩でも近づくために、まだ未発達である解剖学の研究にも果敢に取り組んだ。おかげで、小柄な割に度胸はあると褒められるまでになった。

看護師たちを背後に下がらせて、アランは震える声を押さえながら男に声をかけた。

「診察室へどうぞ」

「あぁ⁉　なんだこのガキは」

「院長のアランロド・フェネリーです」

「ふざけるなよ、こんなガキに何ができるってんだ？　まともな医者はいないのか！」

叫びながら、男が壁を殴りつける。看護師たちから小さな悲鳴があがった。

（……とにかくこの患者を落ち着かせて、さっさと処置を終わらせればいいだけだ）

アランは看護師の方を向き、縫合のための器具をまとめて持ってくるよう言った。

「わかりました、ではここで処置をすることにしましょう。まずは傷の洗浄を」

「おい、おまえ以外の医者はいねえのか？」

「今日は非番です」

「そんならそいつをすぐここに呼べ。おまえの指を反対側に全部折ってやれば、呼ばないわけにはいかんだろ」

なるべく恐怖を表に出さないようにしていたのに、それ以上耐えられず、アランは後ずさってしまった。男が脅し文句を言い終わらないうちに、誰かがアランをかばうように立ちはだかる。

一つに束ねた青い髪が揺れる後ろ姿。両肘の間で揺れる鎖。グウィンだ。

「グウィン！」

さしもの大男も、口枷をした闖入者に驚いたようで、目を丸くしている。

「て、てめえアルファかよ、なんなんだ、この診療所は」

うろたえていた男だったがグウィンの肘枷を見たとたん、威勢を取り戻し拳を振るう。

グウィンは片手で拳を受け止めたが、アランははらはらして見ていられなかった。

「危ないよ！」

「心配しなくても患者には手ぇ出さねえよ」

「違うって！　君は枷をしているのに」

上背があるとはいえ、グウィンより男の方が体格がいい。

「あんた、すぐそこの工房で働く石工だろう。大事な手を傷つけちゃまずいんじゃないのか」

「てめぇ、アルファ野郎がなんでそれを」

「さあな。あてずっぽうの推理だ。あんたから薬草をつけ込んだエールの匂いがする。それを出してるのは工房近くの酒場だけだ。それに、怪我してない右手を使えばいいのに、あんたはそれをしなかった。繊細な作業と力仕事が要求される職業は限られる。あとは、その髭についた小さな石のかけら。それだけだ」

グウィンはあくまで静かに話しかけているが、男の拳を受け止めた手はびくともしない。最初は力任せに振りほどこうとしていた男だったが、一切動じないグウィンに睨まれ、次第に戦意を喪失していった。

「カラモス領法により、オメガに危害を加えることは禁止されている。あんたも知らないわけじゃないだろ」

男は舌打ちすると、ぜいぜい息を切らせながら床に膝を突いた。

「どうりで、チビのわりに威張ってやがると思った、ぜ……。苦労知らずのオメガが」

「頼りなく見えるだろうが、腕は確かだ。少しの間おとなしくしていてくれれば、悪いようにはしない」

すっかりおとなしくなった男は、もう悪態をつく元気もないようだった。

「せ、先生よ……俺ぁ痛みは我慢できるが血を見るのが何よりだめなんだ。だがこの図体で心の準備ができてねえなんて言えなくてよ……」

先ほどの威勢は消え失せ、男は観念したようにうなだれた。治療を怖がるあまり攻撃的になる患者は珍しくない。

「そうでしたか。ふふ、大丈夫ですよ。誰にでも苦手なものはありますから」

男がアランの声かけに抵抗せず従ってくれたおかげで、縫合処置は速やかに行われた。

こちらを振り向きながら、ぺこりと頭を下げる男を見送り、アランはふぅーっと大きなため息をついた。

グウィンはてきぱきと器具の片付けをしている。こうしてきびきびと動く彼を見ていると、先ほどの一触即発の雰囲気が嘘だったかのようだ。

「グウィン、さっきはありがとう。おかげで助かったよ」

「別に」

となりにいるグウィンにお礼を言うと、グウィンは振り返りもせず、手を動かしたままでそう答えた。素っ気ない態度にも、もうだいぶ慣れた。アランは気にせず、話を続けた。

「『腕は確かだ』って言ってくれて、患者を落ち着かせるためだとしても嬉しかった」

「……」

　何も言い返してこないところを見ると、アランを褒めた言葉は本心なのかもしれない。少しずつグウィンの気持ちがわかってきたような気がした。

「昔もあんな風に助けてくれたよね。やっぱり、君は変わってないよ。誇り高くて優しい、昔の君のままだ」

　アランはグウィンの横顔を見つめながら真剣に言った。するとグウィンの手が止まる。こちらを見つめ返す彼の瞳は、苦しげに揺れていた。

　怒鳴り返されるのかと思ったが、グウィンは口をつぐんだままうつむいて、調剤室へ入ってしまった。

　何か気に障ることを言ってしまったのだろうか。グウィンが初めて見せる反応に、アランは戸惑った。

　一人ぽつんと佇んでいると、看護師たちが調剤室に近づいていくのが見えた。アランは少し心配になって、診察室からその様子をのぞくことにした。

　看護師の一人が代表して、グウィンに頭を下げた。

「あの……グウィディオン、さっきはごめんなさい。私たち、何もできなくて」

「後片付けは私たちがやるから大丈夫。それより、手を痛めたんじゃない？」

「いや、別にこれくらい」

「だめだめ、院長に診てもらいなさいな」

最初は挨拶することすら怖がっていたのに、彼女たちは今、自然に会話をしている。グウィンの居場所が少しだけ広がったような気がして、アランの胸は熱く高鳴った。

アルファへの偏見さえなければ、グウィンの周りには、彼を理解し慕ってくれる人が増えるはず。そうなれば、この勝負にも勝ち目が見える。


あの事件以来、グウィンは日に日に診療所の看護師たちと打ち解けてきた。

看護師たちがグウィンとたくさん会話するようになったのをきっかけに、受付係や助手たちとも少しずつ交流が増え、ぎこちなさがなくなってきた。薬の説明や飲み方の助言をグウィンに求めたり、皆が遠慮なく彼を頼るようになったのだ。

グウィンの言葉遣いは相変わらずぶっきらぼうだが、中身は意外と紳士的なのが皆にもわかったようだ。時には会話に笑顔も混じるようになったのを見ているだけで、アランは嬉しかった。

（この光景が見たかったんだ。グウィンと一緒に働いて、みんなでこの診療所を続けていけたらと思ってた……）

気になるのは勝負のことだ。期限まではまだ時間がある。このままいけば、きっとグウィンはここに留まってくれるはず。けれど、以前彼が見せたあの表情が心に引っかかっている。

『君は変わってないよ。誇り高くて優しい、昔の君のままだ』

そう言った時のグウィンの表情はあまりに複雑で、言葉では言い表せない。

（もしかして、昔のままだと言われたことが嫌だったのかな……）

グウィンはアルファとして虐げられながらも、適応してなんとか生き延びてきた。彼にとって、アランの言葉は、その努力を無下にされたように感じたのかもしれない。

今の彼を否定しているつもりはないが、無神経な言葉で、彼を傷つけてしまったのではないだろうか。

「院長、今日は患者も来ませんし、そろそろ看板をしまいましょうか」

診察室で医学書を開いていると、看護師の一人がそわそわしながらアランに声をかけてきた。今日は患者がほとんど来ないのでぼうっとしてしまったが、日付を見て気づいた。

今日は花ふる神――原初の男神を讃える花祭りの日だ。

何か祭りごとがあると、患者も足が遠のきがちだ。カラモス領民は普段は真面目なためか、こういう時に思い切り羽目を外すのだ。もちろん、看護師たちも例外ではない。

「そうだね、今日はもう閉めましょう」

アランの一言で、看護師たちは急ぎ足で持ち場を去り、帰り支度を始めた。皆、花祭りが楽しみで仕方がないようだ。

「院長は、今年は参加するんですか?」

看護師の一人が気遣わしげにアランに尋ねた。

昨年はアランの父が引退し、静養するための家を探したり引っ越しを手伝ったりしていたので、参加はしなかった。その前は、医師になったばかりで仕事に追われていた。思えば、グウィンを呼び戻したい一心で、勉強や仕事に打ち込んでいたため、こういう行事にはしばらく参加していない。

「残りの仕事を片付けたら、少しだけ行こうかと」

一応そういうていにしておかないと、断りづらい。国産みの男神と重ねられるオメガは、みんなこの祭りが好きだ。

オメガたちは自分のパートナーがいれば、サファロンという薄紫色の花を二人で身につけて一緒に街を歩く。オメガには、国から毎年装飾用のサファロンの花が贈られる。サファロンは原初の男神を象徴する花で、薬にもなる。

どうせ行くならグウィンと一緒がいい。けれど、それが叶わぬ願いだということはわかっている。

アランの答えに彼女はしゅんと肩を落とした。

「そうですか……じゃあ今から行くのは無理なんですね。皆で一緒に行きたかったんですが、残念です」

「ごめんなさい。誘ってくれてありがとう」

挨拶をして彼女たちが去って行く。去り際の会話が、聞くともなしに聞こえてくる。

「クレムさんも仕事が入ったっていうし、院長も行かないなんて寂しいね。グウィディオンを誘おうかな」

グウィンの名前が挙がり、鼓動が一度大きく跳ねた。間髪容れずたしなめるような声が聞こえる。

「ちょっと、アルファなんか連れていったら大騒ぎよ？　グウィディオンに悪いじゃない」

「あの口枷と肘枷を外しちゃえば、ベータと見分けられる人なんていないわよ」

「あんたねえ……」

確かにそうだ。ヒート中のオメガに遭遇したりしなければ、アルファだと露見することはないだろう。グウィンは職場でも表に出ることがないので、顔が割れている心配もまずない。

花祭りは数百年も前から続く、伝統的な行事だ。知恵と慈しみで夜闇を退けた男神に感謝し、今年一年の恵みを祈る。今日だけは街に一晩中明かりが灯り、サファロンの花が至る所に飾られる。神話になぞらえて、夜闇を退散させるお守りとするのだ。

第二性が判明する前、グウィンと一緒に花祭りに参加したことは今でも鮮明に思い出せる。

街道を埋め尽くすように露店が並び、神話になぞらえた食べ物やお菓子を食べたり、縁起物のオーナメントや花を買ったりして楽しんだ。広場には舞台が設置され、役者が神話の一節を演じたり、酒場では吟遊詩人が詩篇を歌に乗せて吟じる。朝から晩まで街中がサファロンの花の匂いに包まれて、夜が明けてようやく祭りが終わるのだ。

当然ながら、枷をしている人間は一度も見た覚えがない。

(グウィンは、きっと断るだろうな)

グウィンを呼び戻したら、いろいろできると思っていた。祭りや旅行、そんなに大それたことでなくてもいい。普通に会話を楽しんだり、食事をしたり……。

ぜんぶ、特別なことになってしまった。第二性があるというだけで。意識しないようにしても、生まれ持ったものからは逃れられないと感じる瞬間がある。

「そこで何やってるんだ?」

グウィンの声でアランはハッと我に返った。もう日が暮れて、空が淡い橙色から紺へと変わっている。

「ちょっと考え事してた。君こそ、まだ残ってたんだね。祭りに誘われたでしょう」

「ああ。でも断った。おまえこそ、今からでも行ってきたらどうだ」

「僕はいい」

窓から入ってきた風に乗って、離れた場所の花の匂いや歌声が届く。まだ春だというのに、今日は少し蒸し暑いほどだ。昔と変わらぬ楽しい祭りのはずが、今は遠くに感じた。

ぼうっと外を眺めていると、グウィンがまた声をかけてきた。

「本当は行きたいんじゃないのか」

「うん……でも、グウィンと行きたいから」

何も考えずに口に出してしまった後から、アランはあわてた。

「えっ、えっと、でも君は行きたくないだろうから、気にしないで」

「いいよ」

「ふえっ」

グウィンの予想外の返答に、変な声を上げてしまった。

「行きたいんだろ」

「でも、枷が」

グウィンは、枷をしたまま人前に出ることを嫌がっていた。枷をした姿は目立つ。今はもう夜とはいえ、特殊な外観の口枷や肘枷は、見ただけでアルファであると判別できるだろう。

「別にいいよ、このままで。それより、迷子になって明日の仕事に穴開けられるほうが困るからな」

迷子なんて言われる年齢じゃない、と反論しようとして、貧民街で道に迷ったことを思い出した。

祭りでなくとも人の多く集まる場所にアルファが出てくれれば、傷つけられる可能性があるとわかっているだろうに、それよりもアランの願いを優先してくれるのだ。

少し前のグウィンならあり得なかったことだ。思いがけない優しさに、目を丸くしながらも、嬉しさがこみあげる。子どものころ、並んで歩いた祭りの夜を思い出して、アランはある提案をした。

「グウィン、もう一つわがままを言っていい？」

その条件を出した時、グウィンの顔いっぱいに断りたいという思いがありありと浮かんでいた。が、「衝動を感じた時点ですぐに帰る」と約束して、渋々納得してくれた。アランはさっそくグウィンを化粧台の前に座らせる。

一つに束ねている髪をほどいて綺麗に結い直し、仕事着から少しよそ行きの服装に着替えさせる。こんなこともあろうかと、グウィンに着せるための服を誂えておいたのだ。

着せ替え人形になっているグウィンは、不機嫌そうな顔をしつつも、そわそわと落ち着かない様子だった。

「知らないぞ、俺は」

いつもよりグウィンの声がはっきりと聞こえる。それもそのはずで、今、グウィンは口枷と肘枷を外しているのだ。

十年ぶりのグウィンの素顔は特別に感じ、緊張してまともに見られない。気を抜くと、ぼうっと見とれてしまうのが怖くて、アランはわざと目を合わせないように話していた。

ただ、なんとなくぶすっとしているのはわかる。

「怖い顔しないで。にこにこしてて」

グウィンは何も言わず、口角だけを上げた。こういう時、なぜか素直に従ってくれるのが不思議だ。

「……やっぱりいい。いつも通りにしてて」

「注文が多いな」

目の覚めるような美丈夫が、冷たいまなざしと唇だけで笑うその表情を見た日には、色恋に不慣れな者ならばきっと失神してしまうだろう。危ない危ない、とアランは気を取り直す。

グウィンに顔が赤いのを気づかれていないか心配になる。

「ほら、こうすればベータにしか見えないよ」

グウィンの仕上がりは想像以上だった。

元々均整のとれた体躯で、美形なのはわかっていたが、服装と髪型を整えただけで、どこぞの王族と見まがうような品の良さが醸し出される。サファロンの薄紫の花飾りを挿せば、きっと誰もが振り返る魅力的な伴侶だ。

何の枷もなくなったグウィンと一緒に街を歩けることにわくわくする。

だが、ちらりと見たグウィンの顔は暗かった。

「もしかして、枷をせずに街を歩くのが怖い？」

「ああ」

こんなに素直に弱音を吐くのは初めてだ。口枷をつけて街中を歩くより、口枷を外す方が怖いだなんて、思いもよらなかった。余計なことだっただろうか、とアランは浮かれていたのを反省した。

「嗅ぎ煙草を持っていくよ。あとは口枷の中に入れているのと同じ匂い袋もお守りに。もし何かあっても、宿を借りてやり過ごそう。僕が時間を稼ぐから」

アランはサファロンの花飾りをグウィンの胸から外した。こうすれば、まず目立つことはない。

花祭りの日なので、今日は家政婦たちも出払っている。秘密めいた外出にどうしても足取りが弾みそうになるが、グウィンにも楽しんでもらいたい。

アランも着替えて、二人で馬車に乗った。枷を外し、立派な装いのグウィンに御者は恭しく挨拶をする。アルファであることはまったく気づかれていないようだ。

ほどなくしてたどり着いたのは、街の中心にある一番賑やかな通りから一本外れた裏通りだ。ここにも露店が立ち並んでいるが、より庶民的な店が多い。

アランとグウィンを見ても、気にする者は皆無だ。枷を外しているので当然といえば当然なのだが、グウィンがアルファだとは思いもよらないだろう。

日が落ちて、ランタンやたいまつで照らされるのは、顔のごく一部だけ。夜闇に守られて、アランとグウィンは浮かれる街を歩いて行く。

「よう、兄さん。どうしたんだ、辛気くさい顔して！」

露店で食べものを売っている店主に声をかけられた。

グウィンがぎくりと体をこわばらせたのがわかった。アランはさりげなく前に出る。

「僕たち、まだ何も食べてないもので」

「なんだい、祭りだってのに！　そりゃあそんな顔にもなるか」

グウィンは言葉を詰まらせている。こんなにうろたえている彼を見るのは初めてかもしれない。

「旦那さん、このラム肉の串焼きを二本くださいな」

串焼きを頬張りながら、二人はまた歩き出した。少しくせのある味だが、香辛料と強めの塩味がいいアクセントになっている。

「グウィンも食べなよ」

「この状況でよく食えるな……」

「なにも悪いことなんかしてないだろ。君も堂々としていればいいんだよ」

「チッ、他人事だと思って」

店からは大分離れたのに、グウィンはまだ表情をこわばらせている。俯いて歩くグウィンを、アランは小声でたしなめた。

「うつむくと余計に目立つよ。胸を張って、前を見て」

祭りを楽しむ人たちの中では、楽しそうな方が怪しまれない。しかし、グウィンの表情は曇ったままだ。

「こっちの通りは、オメガたちがめったに来ない。彼らは一本隣の大通りを通るから」

「もし遭遇したら？」

「隠れられる路地裏はたくさんある。対策もしてきたし。絶対に君を守ると約束するよ」

「……弱っちいくせに」

憎まれ口をたたいていたが、グウィンは覚悟を決めたのか、ようやく顔を上げた。

アランが差し出した串焼きをおずおずと受け取って一口に頬張ったかと思うと、グウィンはしかし、いきなり人混みにまぎれてしまった。

「えっ！　ちょっと、どこ行くの？」

　また逃げてしまったのかと思い、あわてて探しに行こうとしたが、グウィンはすぐに戻ってきた。両手に持った小瓶の酒をずいっとアランに差し出してくる。

「呑むだろ？」

「う、うん。ありがとうグウィン」

　思いのほか順応が早くて驚いたが、一緒に食べ歩いてくれるらしい。アランは礼を言って酒を受け取った。

　食べ物の露店はもちろん、雑貨を売る屋台や、お菓子や縁起もの、歩きながらパンを売る人もいる。路上の大道芸にはらはらしたり、神話の人形劇を眺めたり。子どもの時は近づくことすら許されなかった酒の店、水煙草のテント。見かけたすべてのものを買いたくなってしまう。

　グウィンも少しずつ口枷のない状態に慣れてきたのか、きょろきょろする動きが減って、楽しむ余裕が出てきたようだ。

「グウィン。次はあれ買ってみよう！」

「よく食べるな……腹こわすぞ」

　そう言って呆れつつも、グウィンはアランの食欲につきあってくれた。

　しばらくしてたどり着いた噴水のある広場は、薄紫の花の香りで包まれている。十年ぶりの花祭りは、グウィンに憧れていた子どもの頃と変わらない。

するとそこへ流しの楽団がやってきて、フィドルやバンドネオン、バグパイプを奏で始める。

テンポのいい音色につられて、広場に人々が集まってきた。ペアを作ってくるくると回るように踊るダンスの曲だ。

手拍子や歓声が響き、曲が盛り上がるにつれて熱気が増す。

楽団が曲を演奏するたびに踊る人が増えていった。見ているだけでも十分楽しかったが、せっかく来たのだからできればグウィンと踊ってみたい。

「グウィンあの、嫌ならいいんだけど。一曲だけ一緒に……」

そう言われるのを予想していたのか、グウィンは一度短くため息をつくと、アランの正面に向かって立ち、手をさしのべてきた。

グウィンの行動が意外で、彼の手と顔を交互に見つめる。

「どうした。もたもたしてると曲が始まるぞ」

「……うん！」

グウィンに手をとられて、広場のすみのスペースに立った。グウィンの手の大きさと温かさを感じて、顔が火照ってくる。

ちらりと周りを見ると、男女のペアばかりだ。薄暗いとはいえ明かりがある。こんなことを頼んでうっとうしいと思われていないかと心配になったが、アランはグウィンの言葉を信じることにした。

演奏が始まった。スローテンポから、曲が進むにつれてリズムが速くなっていく曲だ。

頭一つ分以上に身長差があるグウィンだが、アランの歩幅に難なく合わせてくれる。加えて一、二、三、四、と拍子を口ずさんでくれるおかげで、テンポが変わってもついていける。

ダンスなんて十年前にやったきりだろうに、グウィンは相手をリードする余裕すらある。

飛び跳ねるようなステップでくるくると回り、また近づいて手を取る。広場全体で、人の輪が縮まったり広がったりして、まるで花のつぼみが開くようだ。音楽に合わせパターンを繰り返すだけの単純な動きなのに、それが楽しくて、アランは久々に心から笑った。

グウィンはまた、つまらなそうな顔をしているだろうなと思ったが、存外に穏やかな顔をしている。ふと、わずかに口の端が上がったような気がした。以前見たような自嘲の笑みではなく、目許を緩やかに細めたほっとするような顔だ。

グウィンを見つめて踊っていると、周りの景色がぼやけて他には何も目に入らない。

酒が回ったせいなのか、灯りで照らされたグウィンの顔はなんだかきらきらしている。

音楽も人々の笑い声も聴こえるのに、くるくる回転する世界には今、アランとグウィンしかいない。

（好き。君が好き）

願掛けのことも忘れて、叫びたくなった。

舌に言葉が乗る前に最後の音符がかき鳴らされて、魔法のようなひとときが終わった。

はっと我に返って、アランはグウィンをあらためて見つめた。

花の匂いのせいか、あるいは久しぶりの踊りのせいだろうか。どきどきして、グウィンから目を離せない。二人の間に心が通った一瞬があったような気がして、その証を彼の表情から探ろうとしてしまう。

だが、グウィンはふっと目を逸らして繋いでいた手を離した。

「そろそろ帰ろう」

「え、ああ……そうだね」

帰りの馬車では、二人とも口を開かなかった。何か話したかったけれど、祭りの楽しさが幻みたいに消えてしまうような気がする。

そんなはずはない。ぬるくなった酒の瓶が手の中にあるのだから。せめて、グウィンが一瞬でも同じ気持ちでいてくれたらと思う。

ようやく家に着き、離れへ行くとグウィンは元の服に着替え、アランは枷を装着するのを手伝った。こんなもの必要ないとは思うが、グウィンは枷をつけるとどこか安心したような表情を見せる。

「誰にも気づかれなかったね」

「ああ。ひやひやし通しだったけどな」

「わがまま言ってごめんね。ついてきてくれてありがとう」

決して軽い気持ちで誘ったわけではないが、グウィンの胸中にはアランの想像も及ばない覚悟があったはずだ。

「のんきに祭りを楽しむ日なんて、もう一生来ないだろうと思ってた。不思議な気分だ」

花祭りは、花ふる神――原初の男神を称えるための祭りだ。神話の夜闇は男神に退けられるもの。夜闇の化身と恐れ疎まれるアルファは、蚊帳《かや》の外だ。本来なら、祭りを一緒に楽しむことはできない。

「連れていってくれてありがとう、アラン」

「えっ……」

無理に付き合わせたことを謝ろうと思ったのに、予想外の言葉に面食らってしまった。グウィンは遠い祭りの明かりを窓から見つめていた。わずかに上がった口角に、じわじわと嬉しくなる。

目の前にいるグウィンは、アランが子どもの頃、一緒に過ごした彼そのものだ。大人になった憧れの彼と肩を並べている。アランがずっと思い描いていた光景。今、そのただ中にいる。

「迷惑がられてるかと思ってた」

アランは戸惑いながら、これまでの思いを正直に吐露した。

「今日だけじゃなく、君を呼び戻した日からずっと、余計なことだったんじゃないかって……」

「おまえが手を尽くして俺を呼び戻してくれたのは、わかってた。どれだけ大変だったか考えるまでもない。それなのに、最初は悪意としかとれなくて……すまなかった」

青灰色の澄んだ瞳がまっすぐにアランを捉える。涙が出そうだった。グウィンにずっと謝りたかったのに、失敗ばかりしていた自分を、少し許せた気がする。

「変わったね、グウィン」

そう言うと、グウィンはやや恥ずかしそうに笑った。

「ここにいると、自分がアルファだということを忘れそうになるよ。俺は恵まれすぎてる」

「そうかな。グウィンが頑張っているのはみんなわかってるよ」

いつになく穏やかな会話のせいで、アランの中で期待がふくらむ。

「だから、第二性なんか関係なく君を好きになる人だっている……きっといるよ」

グウィンはあっけにとられた後、おかしそうにくっくっと喉で笑った。

「ありえない。そんな人、いるわけがない」

「そ、そんなのわからないよ？」

「たとえいたとしても、好きな相手と結ばれるなんて、俺にとってはもっとも大それた望みだよ」

「どうして？」

アルファというだけで忌避されてきた彼に大して無神経な質問だと後悔したが、グウィンは憤ることはなかった。それどころか微笑みを浮かべながら、優しく諭すように答えてくれた。

「アルファは何も望むべきじゃない。できるのはせいぜい、その運命を受け入れて生きることくらいだ」

言葉が見つからなかった。

絶望を受け入れたグウィンの表情はあまりに清々しい。胸がきゅうと締めつけられ、涙があふれそうになる。

「でも……」

僕は、君が好きだよ。今、ここでそう言えたらよかったのに、グウィンの絶望の深さを目の当たりにして口をつぐむしかなかった。

彼を救うために努力してきたつもりだ。だが、それはとんでもない思い上がりだったのではないか。

彼はアランから与えられる救いなど求めていなかった。

「手の届かない人だと、最初から諦めていた方が傷は浅い。その方が賢いよ」

グウィンはまだ窓の外を見ていた。けれど、その目に花祭りの明かりは映っていない。もっと遠くを見つめている。それこそ、手の届かない何かを。

「誰か好きな人がいるの？」

「……ああ。長い間、想い続けてる人だ」

グウィンには愛する人がいる。

〝長い間、想い続けている。〟グウィンは確かにそう言った。離ればなれだった十年の間に、グウィンに手を差し伸べ、アランができなかったことをしてくれた人がいたのかもしれない。その相手をグウィンが愛したとしても、何の不思議もない。

「……そんな人を、諦めるの？」

もしグウィンがその相手を諦めれば、自分にも勝ち目があるかもしれない。でも、グウィンの気持ちはどうなる？

彼が何と答えれば自分は満足するのか、わからないまま、アランはそんな質問をした。

グウィンはアランの方を向いて、優しく微笑んだ。

「とっくに諦めてるよ。でも……せめて、その人に見合う人間になるために、努力し続けようと思う。命が続く限り」

それは、アランが今まで見聞きした中で最大級の愛の言葉に思えた。

その人を想うだけなら、アランの差し伸べる手も、何も要らないのだ。

決して叶わない想いを死ぬまで抱き続けるなんて、アランには想像もつかない。

静かな決意を湛えたグウィンの瞳が、優しく細められている。穏やかな表情なのに、アランは胸の中が冷えていくのを感じていた。

「そう……」

「応援してくれる？」

そんなことしたくない。けれど、彼に期待するような目で見つめられたら、うなずくしかなかった。

「……うん」

「ありがとう、アラン」

グウィンが安心したような微笑みを浮かべた。

背中が遠い。

追いかけるまでもなく、グウィンの背中はもうとっくに見えなくなっていたことを思い知る。そこから、どうやって部屋に戻ったのか覚えていない。あれからグウィンと話したのはなんとなく記憶にあるが、彼が何を言っていたか、自分が何と答えたのかも曖昧だ。

よそ行きの服のままベッドに倒れ込んで、数刻前のグウィンの言葉を反芻する。

——想い続けている人。

法律上、アルファにも婚姻の自由はあるが、実際にそんな話は聞いたことがない。とっくに諦めているけれどせめてその人に見合うよう努力を続けるなんて、グウィンでなければ出てこない言葉だ。きっと、相手に恋心を打ち明ける気もないのだろう。その人のために……。

自分がグウィンのことをわかったつもりでいたことをまざまざと思い知らされて、打ちのめされた。居場所を与え、安心して生活できる環境を用意すれば、昔の自信に満ちあふれた彼に戻って、自分を好きになってくれるかもなどと考えていたのが恥ずかしい。あまつさえ、ひとりよがりの勝負に巻き込むなんて。

グウィンがつらい境遇の中で変わらざるを得なかったのは、自分を守るためだ。元の彼に戻ってほしいと望むことがどんなに残酷なことか、今はわかる。

「昔のグウィン」と比べてばかりで、今のグウィンを認めようとしなかったことも、どれほど彼を傷つけただろう。

躍起になって、自分の理想をグウィンに押しつけていただけだ。彼の決意も知らずに。

グウィンにとっては、アランの存在は邪魔でしかなかっただろう。

もう、勝負なんて、勝っても負けても意味がない。今さらグウィンに気持ちを伝えても……いや、自分にはその資格すらもない。

許されないことをしてしまった罪悪感で、叫び出しそうになった。

一度ならず二度までも、グウィンから自由を奪うことしかできないのか。とめどなくこぼれる涙がシーツを濡らす。このまま溺れてしまえばいいのにと思いながら、アランはベッドの中で朝まで泣き明かした。


自分がグウィンを縛りつけていることに気づいてから、アランは自分がどうしたいかわからなくなってしまった。

彼のために手を離すべきだと頭ではわかっていても、グウィンのことだけを考えてきた自分を納得させるような言葉が出てこない。グウィンはどうしたいか聞こうとしたが、彼を目の前にすると怖くなる。『ここから出て行きたい』と言われたら、立ち直れない。ぎりぎりつながっているグウィンとの関係が切れるのが怖くて、アランは次第に彼を避けるようになった。

それとは対照的に、グウィンと診療所の看護師たちとの関係は良好だ。当初の警戒感は薄れ、気さくに笑い合うまでになっていた。職場で彼の第二性を気にする者はもういない。アランが望んでいたとおり、グウィン個人の優れた資質を見てもらえるようになった。

グウィンは枷をつけた姿でも、人々に受け入れられることがわかって、自信がついたようだ。敵意に満ちた表情はなりをひそめ、前より親しみやすくなった。

だが、彼の一挙一動が、アランの知らない誰かのためのものだと思うと、鉛でも飲み込んだかのように胸が重くなる。

階下に降りると、診察時間前だというのに待合室は混み合っている。

「アルファの薬師がいるって本当かね」

「腕がいい上に、頭も切れるって噂よ。アルファってのはそんな人ばかりなんだって」

喜ばしいことのはずなのに、虚しい気持ちになる。グウィンと一緒に働く夢が叶ったのに、今は同じ空間にいることもつらい。

「それに彼、ものすごい美形らしいの！」

堂々と振る舞うようになったグウィンが、女性から懸想《けそう》されるようになるのも当然の結果だった。未婚既婚にかかわらず、グウィンは女性の患者から日々秋波を送られている。

看護師たちも同様だった。今日も、女性たちの目がグウィンを追いかけている。ある意味懐かしい光景だ。

看護師の一人が、意を決してグウィンに話しかける。

「あの……グウィディオン、今日いっしょに食事でもどう？　ごちそうするわ」

「ちょっと、抜け駆けはなしよ！」

ちらりと視界の端にとらえたグウィンは、困った顔をしていた。グウィンの思い人の存在を知ってからというもの、彼の反応の中にその人物の手がかりがないか、目で探ってしまう。

(もしも、グウィンがその人を諦めたら、彼はずっとここにいてくれるだろうか……？)

はっとして、アランはその考えを頭から締め出した。グウィンを応援すると約束したのに、自分の中のどす黒い感情がせり上がってくるのを止められない。

(だめだ。余計なことを考えないように離れよう)

診察室に入ると、グウィンが後から入ってきた。

「アラン、ちょっといいか」

指で誰もいない調合室の扉を示される。あまり気が進まなかったが、促されるままに部屋に入った。二人きりだ。

久しぶりにまともに見た彼の顔は、なんだかいきいきとして見えた。

「昔を思い出すね。女性からずいぶん人気みたいじゃないか」

無意識に、とげとげしい言葉になってしまった。気まずくてグウィンから目を逸らして話題を変える。

「……たまには、羽を伸ばしてきたら？　君の食事はいらないって伝えておく」

「いや、断った。アランの具合が悪そうだから」

そう言われて、アランはぎくりとした。ずっとグウィンを避けていたのに、気づかれていたなんて。たしかに最近は食欲も落ちているし、あまり眠れていない。

「顔色が悪いよ。その様子じゃ、まともに食事も摂っていないだろ」

グウィンが心配そうに見つめてくる。再会した当初の殺気だった表情が嘘のようだ。言葉遣いも、いつの間にか柔らかくなっている。皮肉なものだ。彼を諦めようとしているのに、グウィンは昔そうしてくれたように、優しく気遣ってくれる。アランが見たいと願っていた姿そのものだ。

「大丈夫。クレムさんがお茶を淹れてくれるから水分は摂ってるし……」

「医者の不養生だな。今日は俺が作るから、残さず食べてよく寝なよ」

腕をそっとさすられて、アランの顔はかぁっと熱くなった。思わずグウィンの手を振り払ってしまう。

「ごめん……でも、僕はもう、君に助けてもらわなくても大丈夫」

精いっぱいの明るい笑顔をつくって、ごまかした。

グウィンは何かを言いかけたが、言葉を呑み込んで、「わかった」と引き下がった。せっかくグウィンが優しい言葉をかけてくれても、素直に受け取れないのが虚しい。

けれど、アランがグウィンを安心させないと、彼はこの場所を離れられない。彼の邪魔はしたくない。

アランは事務室で帳簿を開いていた。普段はクレムに管理してもらっているが、グウィンがここで働きだしてからは、自分でも目を通すようにしていた。

グウィンとの勝負の期間は、身請け金をグウィンがアランに返すまで。それまでに彼の気持ちを変えられなければ、アランの負けだ。

帳簿を確認し、間違いのないよう慎重に、何度も計算する。

「やっぱり、何度数えても同じだ……」

期限は約一年の猶予があったはずだ。けれどグウィンは、浪費をしないで、生活に必要な経費の他はほとんど返済に回してきた。想定より早く、グウィンは自らの身請け金を稼ぎきったのだ。

それを伝えれば、グウィンの勝利で勝負が終わる。グウィンがここに留まる理由はなくなる。

自信と技術を身につけた彼はもう、第二性という枷に負けることなく、上手くやっていける。金輪際、アランとの関わりは断たれるだろう。

（嫌だ……）

まだグウィンには伝えたくない。

（もう、何をしたって無駄なのは分かってる。でももう少しだけそばにいたい。勝負をしているることは、僕とグウィン以外誰も知らない。僕が黙ってさえいれば……）

アランは震える手で帳簿を閉じた。

「誰かいるんですか？」

背後から呼びかけられて、アランはすくみ上がった。驚いて振り向いた先には、クレムがいた。

「アラン。こんな時間まで仕事ですか？」

クレムの優しい声で、冷や水を浴びた心臓がだんだん落ち着いてくる。クレムはアランの隣に腰を下ろすと、気遣うような微笑みを向けた。

「いえ、まあ、ちょっと……」

「頑張りすぎは体に毒ですよ。最近は少し調子が悪そうだから、心配です」

その言葉で、クレムが暗に、最近のアランのくだらない失敗の連続をフォローしているのだと察した。彼はアランを責めることも、無闇に励ますこともしない。いっそ怒ってくれた方がましだった。優しくされると、自分の弱さが浮き彫りになった気がして、勝手に目が潤む。押しとどめていた感情が一気に決壊した。

何も答えずにすすり泣くアランの背中を、クレムが優しく撫でる。

「何があったか、話してくれませんか」

クレムの穏やかな声音に、心の箍《たが》が緩んで、グウィンとの勝負のことを話した。アランより五つ年上で、兄のような存在のクレムには、つい甘えてしまいたくなる包容力がある。

「あなたは、グウィディオンの幸せを願っているんですね」

アランは何度もうなずいた。それは本当のことだ。つらい時間が長かったからこそ、グウィンには幸せになってほしい。けれど、彼の幸せの中に自分はいないのだと自覚して、また涙がこぼれた。

クレムがハンカチで涙をぬぐってくれる。クレムはアランが落ち着くまでたっぷり時間をとってから、話し始めた。

「あなたは優しい人ですね。好きな相手のために、こんなに苦しむなんて」

「優しくなんかない。僕は、ずるい人間です……グウィンを幸せにしたいのに、彼と離れたくないから黙っているなんて、最低だ」

嗚咽《おえつ》まじりでクレムに訴えると、彼はアランの肩を抱いて、あやすようにぽんぽんとたたいた。小さな子にするような慰め方に、ひどく安心してしまう。

「彼の知識や技術は実際すごいものです。あれだけの能力があるなら、どこでもやっていける。彼の幸せのためには、彼の意思を尊重してあげるのが一番いいと思います」

静かにとどめを刺されたような気がした。

アランが庇護する必要なんてない。

グウィンはもう、どこにでも行ける。今度こそ、アランの手の届かないところへも行ってしまう。拭っても拭っても、悲しみに飽きることなく涙がこぼれた。

腕の中に招き入れられ、彼の肩に額をあずけ、声を上げて泣いた。

心の整理はまだつかないものの、アランはグウィンを送り出す準備を少しずつ始めることにした。

まずは、彼の仕事先を探す。いかに優秀なグウィンでも、何の伝手もなく次の就職先を見つけるのは難しいだろう。アランは医学生時代の恩師が院長を務める聖スタニスラス大学病院に連絡をとることにした。

聖スタニスラスは、カラモス領でも有数の大病院だ。アランは、グウィンのことを紹介する際に、正直にアルファの薬師だと明かした。始めは驚かれたが、アルファの身でありながら広く深い薬学知識を持つ人物という触れ込みに、恩師は興味を持ってくれた。

感触は思った以上にいい。第二性への偏見にとらわれない恩師は、やはり信頼できる人物だと思える。この人の下で働けば、きっとグウィンの能力を存分に発揮できるだろう。

自室で一人、グウィディオンを推薦する文を書き綴っていると、彼への思いがより強く、大きくなっていく気がした。グウィンを愛しているからこそ、送り出す選択をしなければいけないことに、心のどこかでは抗っていた。

(でも、僕のわがままでグウィンを縛りつけるなんて、絶対だめだ。そんなこと、僕自身が許せない)

気づけば文字が途絶えてしまう手を奮い立たせ、決意が揺らがないよう封蝋をする。

「何書いてるんだ？」

「うわぁ!?」

夢中になって、背後の気配に気づいていなかった。振り返った先にいたのはグウィンだった。彼に見られないようにあわてて机上を隠す。そんな怪しい態度にも構わず、グウィンはアランに顔を寄せてくる。

「ちょ、ちょっと……仕事用の手紙を。あんまり見ないで」

「クレムには見せるのに？」

眉根を寄せて、じっと見つめてくる。確かに、クレムには、手紙の内容を相談していた。けれど、そんなことを追求されるとは思っていなかったので、驚いた。

「最近、あの人とよく話してるよな……なんで？」

「君には関係ない」

「……こないだは、あの人の前で泣いてたし。何かあった？」

　クレムの肩で泣いていたところを、グウィンに見られていた。アランは焦りで言葉が出てこなくなった。

「あの人には言えるのに、俺には言えない話なのか？」

「だからっ、君には関係ないだろ。あんまりしつこいと怒るぞ」

　見透かすような目線が怖くて、アランは書類を乱暴に机に突っ込んだ。これ以上問い詰められたら、決意が揺らいで、彼を手放せなくなってしまう。

　会話を終わらせたかったのに、グウィンはアランの視界に入り込むように身を屈め、切り出した。

「大事な話なら俺もあるんだ。今いいか？」

　びくりと手が止まった。大事な話……どんな話かはなんとなく想像がつく。ここを出て行く話や、思い人のこと、勝負の決着について。アランからグウィンへ、話そうと思っていたことと同じはずだ。

　それなのに、どうしても彼の口から聞く気になれなかった。覚悟はいやというほどしたはずなのに。

「これからクレムさんと食事に行くから、また今度にして……」

　立ち上がって、コートを手に取る。

「アラン！」

グウィンに背を向けて逃げだそうとしたが、手を引かれて、引き留められた。

「少しの時間でいいんだ。聞いてほしい」

グウィンの切羽詰まった声を無視することができず、それ以上、逃げることはかなわなかった。

処刑台に上るような気持ちで、アランはグウィンの引いた椅子に座った。

堂々とした態度にひるんでしまう。優柔不断に逃げ回っているアランと違って、覚悟を決めた男の顔だ。

「時間を作ってくれてありがとう。君にどうしても話したいことがある……勝負のことだ」

アランの全身からざっと血の気が引いた。

決別を言い渡されるのはわかっている。もう耳を塞いでしまいたかった。

「アランロド。君に感謝してる」

「感謝……？」

「最初は金を稼いだらすぐにでも出て行こうと思っていたけど、働いているうちに考えが変わった。アランが勝負だと発破をかけてくれたから、ここまで頑張ってこれたと思う。ありがとう」

目を伏せて頭を下げるグウィンを、信じられない思いで見つめる。彼が立ち直ったのは彼自身の努力の賜物《たまもの》だ。そんなふうに思っていてくれたなんて、知らなかった。

「そんな、僕はなにも……」

「アランが呼び戻してくれなかったら、俺はきっとあのまま野垂れ死んでいた。うまくいかないのを『アルファだから』で片付けてたら、また同じ事の繰り返しだよな」

目の前にいるグウィンは自信に満ちあふれ、かつて憧れた彼そのものだ。なのに、誇らしく嬉しい気持ちになったのは一瞬だった。グウィンが遠くに行ってしまう予感が頭から離れない。心臓が絞られるように苦しくなる。

グウィンの瞳は目を背けたくなるくらいまぶしく感じる。この真摯なまなざしが自分以外に向くのだと思うと、胸が張り裂けそうに痛い。

「自分の仕事に自信が持てるようになったから、この姿も気にならなくなった。挑戦する前から何もかも諦めるのは、俺を救ってくれた君に失礼だと思ったんだ」

「……僕が救ったんじゃない。君の実力だよ」

今を逃したら、グウィンの手を離せなくなる。彼に追いすがりたい気持ちを押し殺して、アランは封蝋のされた手紙と金貨の入った袋を机から取り出しグウィンに渡した。グウィンは不思議そうに、アランの顔と手紙を交互に見つめている。

「アラン、この手紙は？」

「君の次の勤め先宛てに」

「……は？　ちょっと待って、どういうこと？」

「優秀な薬師だと君を推薦したら、興味を持ってくれて、アルファでも問題ないと言っていた。君が能力をいかんなく発揮できる場所のはずだよ」

震える拳をにぎりしめながら、アランは浅い呼吸を繰り返した。グウィンが戸惑って、アランの顔を覗きこむ。

「アラン、話を聞いて。俺は、ここを離れるつもりはない。君のそばにいたいんだ。アランも、そう思ってくれていたんじゃないのか？」

「だめだよ。勝負はもう終わった。君はもうとっくに、金を稼ぎきっているんだよ。……僕の負けだ。君の好きに生きていいんだ」

言い返そうとするグウィンの言葉を手で制して遮る。

幼い頃から、彼はいつもアランを優先してくれた。今も、アランへの恩に報いるために、自分の一番の望みを諦めようとしている。

でも、いつまでもその優しさに甘えるべきではない。今度は、アランが譲る番だ。グウィンを愛しているなら、彼を自由にしてあげなくては。

「君は好きな人がいるんだろう？　聖スタニスラス勤めだと聞けば、その人の考えも変わるかもしれないよ」

「な、何言ってるんだよ、さっきから……」

うつむくアランにグウィンは背をかがめて目を合わせようとする。肩で息をするアランを落ち着かせようと優しく差し伸べられるその手を、アランは振り払った。

「好きでもないのに、抱かせてごめん。グウィンが優しいからって、甘えすぎてた」

グウィンの顔に一瞬、悲痛がにじんだ。けれど、彼はそこで諦めずに、膝をついてアランの顔を下からのぞき込んだ。

「違う。そんな風に思ったことはない。……仕事以外で簡単に体を許したりしない」

アランを見上げて、必死に訴えるグウィンの言葉に嘘は見当たらない。それでも、本当は愛する人とだけするべきだ。

ずっとグウィンの幸せだけを考えてきた。その隣で、自分も幸せになれたらいいと、こっそり願っていた。

でも、自分が彼を縛る枷になっていると気づいてしまった。どんなに彼を愛していても、アランの隣では、グウィンは幸せになれない。

グウィンの両手がすがるようにアランの手を包み込む。硬い革の感触がそっとアランの手に当たった。枷越しに口づけされたのだ。

「アランには、数えきれないほどたくさんのものをもらったよ。これから少しずつ、君に返していきたいんだ」

心臓が大きく音を立てた。けれど彼を引き留める理由がアランにはない。彼はここにいてはいけないんだという思いが、いっそう強くなる。

「だめだよ。僕なんかのために、時間を費やしちゃいけない。グウィンが望めばもっと立派な仕事ができるよ。こんな小さな、つまらない場所じゃなくて……」

いつの間にか視界はにじんで、アランの目からは滂沱《ぼうだ》の涙がこぼれていた。グウィンの問いかけにもまともに答えられていない。自分が何を言っているのか、わからない。涙が流れるにまかせ、アランはすすり泣いた。

「もう、こんなところに用はないだろ。何が不満なんだよ！　金が足りないなら、金庫ごと持って行けばいい」

グウィンにこんなひどいことを言わなければならないのが悲しくて、身を切られるようだ。侮辱にも等しい言葉に、グウィンは怒りを表すことなく、ただ悲しみに耐えているようだった。そんな彼を見ていると、「行かないで」と口走りそうになる。

「やっぱり、アルファなんかいらない？」

グウィンの泣き笑いのような表情と声に、胸が締めつけられる。

「違う。……逆だよ。君には僕なんか、もう必要ないんだよ」

当たり前のことを言っているだけなのに、涙は止まってくれない。本当は笑顔で背中を押したかった。

「アランロド……」

「お願いだから、もう苦しめないで。出て行って……出て行けよ……」

グウィンの手を離すと、彼は愕然とアランを見つめていた。そのときのグウィンの顔を、アランはきっと一生忘れないだろう。

グウィンは口を開かなかった。アランを詰ることもできたのに、そうはしなかった。

「わかった。元々そういう約束だったもんな」

死者がつぶやくような暗い声だった。苦しげに絞り出した言葉から、グウィンが傷ついていることが伝わってきて、また涙があふれる。グウィンはそっと立ち上がると、静かに部屋を去っていった。

アランは泣きながらベッドに倒れ込み、夢も見ずに眠った。

翌日、グウィンの部屋の荷物は一つ残らず消えていた。世話になった礼だけが書かれた紙片の他はなにもない。

まるで最初から誰もいなかったかのように、きれいに整頓された部屋。唯一、グウィンの残り香だけが、彼が存在していた証拠だと言えた。

最後の勝負は、あっけなく幕を閉じた。

十余年におよぶ長い恋の終わりだった。

グウィンがいなくなったことは診療所の看護師たちも、多くの患者も驚きはしたが、彼のいない穴を埋めるため、日々は忙しく流れていった。

アランは時々、診察中にグウィンの名前を呼んでしまうことがあった。それ以外にも、患者からおすそわけされた果物やお菓子をグウィンに持って行ってあげようとして、ドアをノックする直前に気づくこともあった。

（彼はもう、いないんだ。僕が自ら追い出したんだろ。わかってるはずなのに……）

グウィンは今どうしているのだろう。新しい職場にはもう慣れただろうか。口枷と手枷だけで危険なアルファだと断じられて、ひどいめに遭ったりしていないだろうか。

自分が出て行くよう仕向けたのに、それが間違いだったのではないかと考えてしまうこともあった。

もしかしたら今頃、彼の思い人のところに行っているかもしれない。今のグウィンだったら、第二性などなんの障害にもならないだろう。

お互いに心が通じ合ったら、きっと相手を大事にする。たぶん、アランにしてくれた以上に。

（だめだ、考えるだけで悲しくなってきた）

仕事中は考えないようにしていても、夜一人になると、グウィンのことばかり思い浮かぶ。みじめで悲しくて、涙が止まらない。

同じみじめな思いをするのでも、グウィンをずっとここに縛りつけておいた方がましだっただろうか。

鏡に映る自分の顔は、やつれている上、涙の跡が赤く残っていて、ひどいものだった。勝負にも負けて、グウィンにも嫌われて、自分にはもう何も残ってない。

よろめきながら、食堂の棚からグラスと酒瓶を取り出した。酒を飲んで眠気を招こうと、慣れない手つきで蓋を開ける。

一口目を飲もうとしたとき、階下から誰かが上がってくる足音がした。ハッとして階段の前に走っていく。

グウィンが帰ってきてくれたのかもしれない、と期待で胸が高鳴った。

けれど、現れたのはクレムだった。

「こんばんは」

「あ……こ、こんばんは」

グウィンを期待していたと悟られないよう、笑顔をつくる。

「明かりがついていたので、まだお仕事されているのかと……。お酒ですか？　私もご一緒しても？」

「はい」

一人で呑むよりはましかもしれないと思って、アランはクレムを食堂に案内した。クレムがアランの隣に座り、二人分のグラスに酒を注ぐ。

「グウィディオンがいなくなって、無理をしていませんか？　アランロド」

一杯目を飲み干した頃、クレムにそう尋ねられた。

「クレムさんには、わかりますか」

「というか、みんな気づいています」

「……はは、やっぱり僕、だめですね。みんなに迷惑かけてばかりで……父から継いだ診療所も、院長なんて肩書きも、器じゃなくて。グウィンに張り合おうとずっと背伸びしてたんです。でも、もう疲れちゃいました」

酒も入っていないのに、自嘲混じりの愚痴がとまらない。クレムは何も言わず、肩を抱いてくれた。

「迷惑なんて、そんな。あなたは十分頑張っていますよ。自分をそう卑下するものではありません」

かつてアランがグウィンに言った台詞そのままだ。情けなくて、アランは首を横に振った。涙を拭う気力もなくて、しずくがテーブルにぱたぱたと跡を作る。

クレムは励ましてくれるが、アランが頑張ったことなどほとんどない。グウィンが立ち直れたのはすべて彼の成果だ。自分は空回りしていただけ。

「ねえアラン、どうしたら元気になってくれますか。いつもの笑顔を見せてほしいです」

わからない、とまた首を振る。こんな気持ちのまま、笑えるわけがない。

「そうだ。気晴らしに、どこかに行きませんか？」

「どこかって……？」

「ちょっとした遠出です。美味しいものを食べたり、いい景色を見たりして、楽しいことしましょうよ。そうすれば、悩みもきっと忘れられますよ」

そういうものだろうか。グウィンのいない日常に早く慣れてしまいたい自分と、傷つくとわかっていてもグウィンを忘れたくない自分が葛藤している。口枷越しにキスをされた指を見つめて、アランは戸惑いながらもうなずいた。

あっという間に約束の日がやってきて、クレムは一般客向けに開放されている庭園にアランを連れ出してくれた。色とりどりに咲く花々を見ていると、アランの心はいくらか和んだ。

クレムはあれこれと世話を焼き、エスコートしてくれた。喋りながらあちこち歩き回っていると、確かに気が紛れる。

（グウィンと一緒に来たら、楽しかっただろうな）

夕暮れになると、池畔には魔法のような美しい時間が訪れた。水面が夕日を反射してきらきらと金色の粒を揺らす。背の高い木々が空と同じ橙色に染まり、そこへ少しずつ濃紺が差し、夜空を引き連れてくる。

「もうこんな時間なんですね。アランロドと一緒にいると楽しくて時が経つのを忘れます」

「今日はありがとうございました、クレムさん。僕も楽しかったです」

落ち込んでいるアランのことを気遣ってくれたというのに、グウィンのことばかり考えていたのが申し訳なくなる。何を見ても、何を食べても、グウィンの顔が頭に浮かんでくる。後ろめたさが勝って、アランはやや大げさに嬉しさを表現した。

初めは嬉しそうにしていたクレムが、ふと真剣な表情になってアランを見つめてきた。

「私は、少しでもあなたの支えになりたい。できればあなたの伴侶として」

クレムに肩を掴まれたかと思うと、アランの額に唇がそっと触れ、離れていった。アランはそこでようやく、クレムの気持ちを理解した。

「ク、クレムさん」

「まだ、グウィディオンが好きなんでしょう」

「っ……」

隠し通してきたつもりだったが、クレムには見透かされていたようだ。

「私に勝ち目がないのはわかっています。それでも、もう気持ちを抑えられなかった……困らせてすみません」

クレムの気持ちを知って、アランは困惑していた。まだグウィンのことが好きなのに、他の人のことなど考えられない。

クレムもそれは承知しているのか、寂しそうに笑いながらこう続けた。

「まだ彼のことを好きでもいい。でも、僕のことも考えてみてほしいです」

（僕はまだグウィンが好きだ。僕が弱いばかりに……）

十余年も思い続けたのだ。もう会うこともできない相手に執着していては、先に進めない。

いい加減、終わった恋に決着をつけるべきなのかもしれない。

「……少し、考えさせてください」

答えを保留してしまったが、クレムは翌日からも、普段通りに接してくれた。時折、二人きりの時を見計らって近づいてくることはあるが、自然な接触にとどめてくれている。

そのかわり、たびたび愛の言葉をささやかれた。

クレムから想いを告げられて、十日が経ったある日。

クレムの持ち場である事務室の前に立ち、アランは思い切ってドアを開けた。

「どうしました？　アランロド」

クレムは目をこちらに向けながら、新聞を片付けた。

決心を固めたとは言っても、アランの心臓は軋んでいるかのようだった。クレムに気持ちを伝えることに、どうしてこんなに緊張しているのだろう。

アランは一歩ずつクレムに近づいて、隣に座った。いつもはクレムの方からアランに声をかけてくるので、戸惑っているのかもしれない。

「あの……返事を、しようと思って」

クレムは少しの間考えを巡らせたあと、ああ、といってアランに向き直った。

「真剣に考えてくださって、嬉しいです」

いつもの柔和な笑顔だ。それなのに、アランの胸中はまだ荒波が立ったままだった。

「よいお返事を聞けるといいのですが」

アランと向かい合うように座り直したクレムは、傷一つないきれいな手でアランの両手をすっぽりと包み込んだ。すべすべとして、かすかにハンドクリームとインクの匂いがする。身だしなみに気を遣うクレムらしい。

一言、あなたの告白を受け入れると言うだけだ。これまでずっとそうしてくれたように、彼はきっと、アランに寄り添ってくれるはず。けれど、アランは無意識に、嗅ぎ慣れた薬草の匂いを探していた。ここにはない、グウィンの匂い。

はっと我に返ってそれを自覚したとき、アランは言おうとしていた言葉を呑み込んだ。ずっと決着をつけられなかった思いを、今ようやく諦めることができた。認めてしまえば、心がひどく楽になって、呼吸ができるようになる。

不思議そうに首をかしげるクレムを見つめていたが、アランは彼の手をほどいた。覚悟を決めて立ち上がり、勢いよく頭を下げる。

「……ごめんなさい。やっぱり、あなたの気持ちに応えることはできません」

「え……？」

落胆させてしまうことが恐ろしかったが、アランはクレムの驚いた顔をもう一度、真正面から見据えた。

「僕は、グウィンが好き。もう一生会えないだろうけど……会えたとしても許してもらえないだろうけど、それでも好きなんです」

「は……？」

クレムは信じられないという顔でアランを見つめた。

「で、でも、そんなこと何の意味があるんです？　アルファとオメガはどのみち結婚できないんですよ。せっかくオメガに生まれたのだから、オメガとしての幸せを浴びるほど享受すればいいじゃないですか。自ら進んで不幸になることはない」

父母も、友人も、アランがオメガだと知る者はきっとクレムと同じことを言うだろう。愚かなことだと、アラン自身もわかっている。

けれど、アランの胸中は、悲壮な決意とは無縁の晴れやかさだった。澄み渡る空のように、一片の曇りもない。

「たぶん僕は、どこにいても、誰と一緒になってもグウィンを思い続けることになると思うんです。グウィンが誰とも一緒にならず生きていくというなら、僕もそうしようって……一人くらい、そんなオメガがいたっていいですよね」

アランが笑ってみせると、クレムの愕然とした表情がすっと暗くなった。何か小声で呟いたあと、彼はきれいになでつけられた前髪を片手で乱暴に崩した。

「っは――……」

いらだちの混じる長いため息。今まで見たことのないクレムの姿に、アランは少し怖くなった。椅子から腰を浮かせるが、すぐ後ろは壁だ。緊張で、鼓動が一気に速くなる。

「つまらんことをごちゃごちゃと……こっちにはもう時間がないんだよ」

「え……？」

その発言の意味がわからずアランが混乱していると、クレムが舌打ちをした。冷や汗が流れ落ちる。求婚を無下に断ったのは申し訳ないと思うが、そこまで怒りをあらわにするなんて尋常ではない。

いつもの優しい物腰が嘘かのように、クレムは眉間にしわを寄せながら親指の爪を噛んだ。

「あ、あの、クレム……」

「あなたにその気がないのはわかりました。謝る必要なんてないですよ」

今度は打って変わってニコニコとした笑顔を浮かべている。しかし、今し方の凶悪な一面を見てしまった後では、それが貼り付けただけの表情だとわかる。アランは恐怖で声を発することもできない。

じりじりと後ずさりしてクレムと距離をとろうとした。待合室につながるドアまでが遠い。

クレムはそんなアランの様子などお構いなしに距離を詰めてくる。恐怖の限界に達し、アランはクレムに背を向けて逃げだそうとした。

が、あっさりと捕まえられ、抵抗しようとした手を後ろ手にひねり上げられてしまう。

「あぁ！」

痛みで悲鳴を上げるが、クレムはそのままアランを床に押し倒した。わらをもつかむ思いでもう一方の手をばたつかせていると、指先が何かに当たった。新聞紙だ。

「ああ、見られちゃいましたか」

「な、何が……」

それはオメガの青年が自殺した記事だった。彼はどこかのアルファにうなじを噛まれて、配偶者に触れることすらできなくなったことを悲しみ自ら命を絶ってしまい、まだ犯人は捕まっていないという内容だ。お悔やみの言葉とともに、「美しきオメガ、永遠に」と記してある。

「彼にはお世話になったんです。……オメガだというのに、警戒心も薄くて。噛むのは簡単でした」

（噛む？）

妙な単語をアランはいぶかしんだ。その言葉に思い当たるものはあるが、とても信じられない。

「死ぬ時期が悪かったなあ。せめて、あなたの次のヒートまで、生きていてほしかったんですけどね」

「あ、あなたは何者？」

アランの疑問には答えず、クレムは懐から液体の入った小瓶を取り出した。

（まさか、毒……？）

命の危機を感じ、アランは必死でクレムから逃れようとした。しかし鼻をつままれて、呼吸困難に喘ぐ。アランが顔をそらそうとした隙をついて、小瓶のなかの液を喉奥に流し込まれ、嚥下してしまった。

吐き出すこともできず、暴れたが、アランは縄できつく拘束された。抵抗すると蹴りつけられる。オメガ保護法などお構いなしだ。

「お察しの通り、私はもともとアルファに生まれつきました。番の契りのおかげでベータとして暮らしてきたんです。……まあ、遅かれ早かれこうなる予感はありましたが」

アランは愕然とした。クレムは、第二性をベータと偽って暮らしていたアルファだったのだ。だが、そのこと以上に驚いたのは、クレムに罪の意識がないことだ。

「利用するだけして逃げるなんて……ひどすぎる」

「ひどい？　ははは！　私がアルファだとわかった日から受けてきた仕打ちに比べれば、なんてことないですよ」

笑っていたが、クレムの声は怒気を孕んでいた。アランの背を踏みつける足に力がこめられ、痛みにうめく。

「こんな痛み、感じたことないでしょう。それはあなたが恵まれたオメガだからだ。うなじを噛まれたところで神から人間に戻るだけ。だったら別に、いいじゃないですか。私はもう、アルファとして生きる惨めさを味わいたくないんだ……！」

恨みや悲しみの感情が、肌を刺すように感じられる。威圧的な雰囲気が恐ろしくて、アランは一言も発せない。

（グウィディオンと全然違う。グウィンは、第二性から逃げずに、自分の力で頑張ってきた。それに、相手を愛してもいないのに、番の契りを交わすなんてしなかった……！）

アランと番になれば、アルファに課された制限はほとんどなくなる。なのに、グウィンは、本当に心から愛している人のために、それを選ばなかった。

そんな彼だからこそ、アランはずっと好きでい続けたのだ。

「今度はもっとうまくやる。あなたの自由を奪って、逃げられないように飼い殺します」

感情のない冷たい声で、クレムがそう告げる。

それと同時に下半身の布が破られ、グウィンにしか触れられたことのない場所が露わになる。臀部《でんぶ》の皮膚が、ひやりとした空気に触れる。

「っ！　や、やめっ……」

「やっぱり、粘膜吸収の方が効率的ですよ、ねっ……と」

クレムの手に小瓶の液体がどろりと垂らされ、うっすらとぬめりを帯びたアランの秘所に侵入する。液体の冷たさが腹の中にじわりと溶け、指によって腸壁に塗り込まれる。

「ひっ、あああっ！　い、いや。いやだっ」

恐怖で泣き叫んでいると、体に変化が表れ始めた。意識がもうろうとしてきて、体中が燃えるように熱い。

この狂おしい感覚には、覚えがある。周期的にはまだ先のはずだが、これはヒートに間違いない。

「な、何をした……」

「サファロンの抽出液です。強制的にヒートを起こしてあなたのうなじを噛んでしまえば、それで終わりですから。おとなしくしていてください」

説明を聞いているうちに、後孔からつっと一筋、生温い液体が伝う。

クレムがたわむれに、シャツの上からアランの胸の頂をつねった。たったそれだけで小さな電気が走ったかのような刺激が体を駆け抜ける。

「あぅ！」

予期しない恥ずかしい声が出て、アランはぐっと唇を噛んだ。

底冷えするような笑みを浮かべて、クレムは同じ小瓶をいくつも取り出してみせた。

「まだフェロモンは出ないか……もう少し頑張りましょうね、院長」

粘膜からの吸収により、経口摂取よりも早く薬が回っていく。自分の体が変えられていく嫌悪感に加えて、望まない相手にうなじを噛まれる恐怖に、涙が出てくる。

動悸が激しくなり、めまいもひどくなってきた。吐き気がして目も開けられない。ひどい気分だ。

原初の男神の象徴であるサファロンは、フェロモン過少症や不妊のオメガに対して効果のある薬だ。だが、健康なオメガに対して、一度に多量の投与をすると、急性中毒を引き起こす。

後ろ手を縛られたまま、抱え上げられ、クレムの膝の上でうつぶせにされる。アランの尻をなで回すクレムの手が離れたかと思うと、靴を片方脱がされ、直後にぱんっ、と高い音を立てて、靴底が打ち付けられる。

「あぁあっ⁉」

「ほら、もう一度」

続けて、二度、三度と同じ痛みがやってくる。薬でおかしくなった体は、刺激を苦痛ではなく快感にすりかえる。

それが引き金となったのか、甘いフェロモンの香りが漂い始めた。雄をねだって疼いていた腹の奥は、じくじくと痛みを訴えるようになった。心臓もひどい動悸が起こり、今まで経験したことのない苦痛に襲われる。

それでもなんとかクレムから離れたくて、アランは必死に身をよじった。暴れていると膝から落とされ、アランは床に体をしたたかに打ち付けた。

「ああ、忌々しい匂いだ」

背後からクレムの声がする。怒りと興奮をにじませながら近づいてきて、部屋中にねっとりと香るフェロモンの匂いを深く吸い込んでいる。

「少し痛いですが、我慢してくださいね」

アランは力なく首を横に振った。クレムと番になんてなりたくない。けれど、クレムは構うことなく、噛みやすいようにアランのうなじをさらけだした。

アランが身じろぎするわずかな音と、クレムの吐息以外、何の音もしない。窓の外も暗く、誰かが助けに来る望みなどなかった。

自分の愚かさを今更になって後悔する。

意地を張っていないで、本当の気持ちを伝えればよかった。こんな状況になると知っていたら、彼を傷つけるようなひどい言い方なんて、絶対しなかったのに。

もう一度だけでいいからグウィンに会いたい。そのときは、ちゃんと謝って、彼の恋を応援してあげたい。

叶わない願いがいくつも浮かんでは消える。

「グウィン……グウィディオン……っ！」

アランが悲痛な声で叫んだ直後、何かが大きな音を立ててはじけ飛んだ。頭をわし掴みにされているせいで、何も見えず、何が起きたのかわからない。

「なっ……⁉」

クレムの狼狽した声の後、彼の体は吹っ飛んで壁にぶつかり、派手な音がした。床に転がったアランが恐る恐る首だけ動かしてみると、誰かの靴がアランのすぐ横を通り過ぎていった。

束ねられた青黒い髪がふわりと揺れる。両肘は細く長い鎖でつながれていて、彼の身分を物語っていた。誰かがアランをかばうように立ちはだかっている。

(背中だ)

情けなくて、悔しくて、まぶしい背中。不安がバターみたいに溶けていく。

「グウィン……？」

　肩越しに振り向いたのは、アランがずっと心の中で呼んでいた人だった。彼がアランの拘束を素早く解いてくれたおかげで、ようやく手足が自由になる。

　上着を脱ぎ、アランをすっぽりと覆うように包んで、体を隠した。

「遅くなってすまない」

　グウィンが上着ごと、アランをぎゅっと抱きしめた。

　これが現実に起こっていることだとにわかに信じられなくて、アランはきつく目をつむった。けれど、薬草の香りの混じる肌の匂いに包まれて、ようやく信じる気になれた。

「くそっ、邪魔だ！　そのオメガをよこせ！」

　目を血走らせたクレムが、グウィンめがけて飛びかかろうとしたところで、カラモス領警備隊が部屋になだれこんできた。予想もしない展開に固まるアランだったが、グウィンは冷静に、クレムを示すような目配せを送っている。どうやら警備隊とグウィンは同じ目的で行動しているらしい。

　ひときわ立派な制服を着た警備隊の男が懐から書状を取り出し、文面を読み上げる。

　それは、クレム・チェンバレンに対する逮捕状だった。罪状は、オメガに対する暴行が複数と、第二性の詐称の他、横領も含まれている。

「クレム・チェンバレン。第二性を偽り、オメガに害をなす者がどうなるか、わからぬわけではあるまい」

第二性に関わる犯罪——とくにオメガが被害者となるものは重罪となり、刑罰も非常に重い。

「どうなるっていうんだ？　教えてくれよ」

額に青筋を立てて低く唸るクレムは、床を蹴ると目にも留まらぬ速さで警備隊に襲いかかり、次々と昏倒させた。屈強なアルファには、訓練したベータでも敵わない。同じアルファとはいえ枷のあるグウィンが襲われたら、無事ではいられないかもしれない。

「にげて、グウィン」

アランを腕の中にかばうグウィンに、かすれた声でなんとか伝えた。グウィンはアランの肩を優しく押し返すと、目を逸らさずに短く告げた。

「もう逃げない。君からも」

グウィンは枷をしているのが嘘かのように、クレムの足払いを躱しながら蹴りを見舞う。強靭な下半身から繰り出される足技が、強力な武器となる。

ラット状態で冷静さを欠いたクレムには避けきれず、衝撃にひるんだのをグウィンは見逃さなかった。回転に体重を乗せた重い蹴りが側頭部に叩きつけられ、クレムが床に倒れ込んだ。脳震盪により、意識を失ったようだ。

クレムの身柄が警備隊に引き渡されるのを横目に、グウィンがアランのもとへ駆け寄ってきた。

「……グウィン、助けにきてくれてありがとう」

緊張がとぎれ、グウィンに再会できた嬉しさで、彼に思い人がいることも忘れてしがみつく。

「いや……本当はもっと早く助けたかった。遅くなってごめん」

精いっぱい手をのばして、グウィンはアランを控えめに抱きしめた。

ずっと待ち望んでいた瞬間に、アランは痛みも忘れて恍惚とした。アランも抱きしめ返そうと手を伸ばす。が――

「アラン……？」

ほっとしたせいなのか、力が抜けて血の気も引いていく。そのまま、アランの体は糸の切れた操り人形のように倒れた。


「アラン、しっかりしろ。アランロド」

体が寒くて仕方がない。いつの間にか、ガタガタと揺れるものに乗せられているようだった。

必死にアランを呼ぶ声が、眠りの淵でさまよう意識を少しだけ引き留める。

体はゆったりとした衣類や毛布に包まれ、グウィンに抱きかかえられているらしい。

クレムに無理やり薬を盛られ、かなりの高熱が出ていたはずだが、今は体が震えるほど寒気を感じる。頭痛と息苦しさと、下腹部の苦痛は、今までのヒートの比ではない。

「けほっ」

鼻血が気管に流れ込みそうになってむせこみ、アランはしばらく咳を繰り返した。

「大丈夫、聖スタニスラスには早馬で書簡を出してある。先に準備を整えてもらうから、すぐに入院できるよ。治療をすればきっとよくなるから。何も、問題ない……」

グウィンの声音はいつも通りだ。けれどアランには彼自身に言い聞かせている言葉のようにも聞こえた。

「グ……」

声が出ない。アランは痛み続ける下腹を押さえて、かすかな声でグウィンを呼んだ。ひどい揺れの中、大きな音を立てて進む馬車に乗っているにもかかわらず、グウィンは一瞬でアランの声を聞き取った。

「なに？　アラン」

心配そうに揺れる瞳にのぞきこまれる。

——あれからどうしてた？

「君の家を出た足で、聖スタニスラスに行った。あの手紙を見せたら、すぐに雇ってもらえたよ」

初めは予想通り、院長以外にはアルファということで遠巻きに、あるいははっきりとした嫌悪を持って対応されたこと。だがフェネリー診療所での経験があったおかげで、毅然とふるまえたこと。その一方で、アルファたちが住む貧民街の者も医療機関にかかれるよう病院側に働きかけたこと。

アランが考えていた以上に、グウィンはめざましい活躍を見せ、院長を始め他の医師や薬師たちの信頼を得たようだった。

晴ればれした気持ちでいっぱいになった。やっぱりグウィンには勝てない。グウィンの居場所を残したいと考えていたのに、彼にはもう、それすら必要ない。

（完敗だよ。でも、その方が僕らしいのかも……）

憧れは憧れのまま生涯を閉じるのも、案外幸せかもしれない。気を抜けばそのまま帰ってこれなくなりそうな眠りに誘われながら、アランはどうにか呼吸を続けた。

ようやく馬車がとまり、薄ぼんやりとした視界に、堅牢な城のように立派な建物が現れた。

「グウィディオン、こっちへ」

「お願いします。そっと、ゆっくりと運んであげてください」

用意された担架でベッドまで運ばれ、アランは清潔なシーツの上に横たえられた。

頭上で金属やガラスの擦れ合う音、人々の慌ただしい息づかいが聞こえる。消耗し続けるアランのために点滴が用意され、聖スタニスラスの名医たちが矢継ぎ早に指示を飛ばした。

応急処置をほどこされ、アランの容態は一時的に落ち着いた。だが、いつまた急変するかわからない。アランの傍らにいた医者が深刻な面持ちでグウィンを呼ぶ。

「グウィディオン、フェネリー氏のご家族は」

「……近くにはいません」

アランの両親は田舎で静養していて、すぐには駆けつけられない。遠戚もここから三つ離れた領に暮らしているので同様だ。家族ほどお互いを知っているのはグウィンしかいない。

アランはしびれる手を持ち上げ、ベッドサイドにいるグウィンの手に触れた。グウィンがはっと息をのむのが聞こえる。

「君はフェネリー氏の古くからの友人だったな。事情もわかっている君に話そう」

グウィンがアランの手をそっと握り返してくれる。汗でじっとりと湿った手に、余裕のなさを感じた。彼らしくない。

「何らかの理由でオメガのフェロモン生成器官の働きが亢進して卵巣が異常に腫大《しゅだい》している。呼吸困難も起こしている」

「アランロドは日常的にサファロンを過剰投与されていた疑いがあります。現場には抽出液も見つかっています」

　医師の一人が苦々しさを隠さず言う。

「なんてことを……。サファロンはもともとフェロモン過少症や不妊のオメガに投与するためのものだ。健康なオメガに投与すれば異常を来す」

「何か手はないんですか？」

「なくはない、が……本人に選べるとは思えない」

　アランの手がきつく握りしめられた。グウィンの怒りが手を通して伝わってくるかのようだ。こんな時なのに、彼が自分のために怒ってくれていることが少しだけ嬉しかった。

「現在、脳下垂体の機能が異常亢進し、フェロモン放出が過剰になっている。サファロンは健康なオメガに対して投与すれば毒だ。恐らく、このままではサファロンの効果が切れる前に、体に限界がくる」

「……何か方法は？」

「フェロモンの放出を止める薬はある。しかし、サファロンとの併用はできないんだ。かえって命を縮めることになる。フェロモン放出器官の切除術に望みをかけるしかないが、その場合、命が助かってもフェネリー氏が目覚めることは生涯ないだろう……すまないが、私たちが提案できる方法はこれだけだ」

　グウィンは何も言わなかった。唯一、震える手だけが、彼の感情のすべてだった。

「なるべく手を尽くすが、いつ急変してもおかしくない。覚悟はしておいてくれ」

「……わかりました」

静かに、血を吐くような声音でグウィンはそう返した。処置を済ませた医者と看護師達が退室する。

静かになった病室にいると、世界中でたった二人だけになってしまったようだ。

グウィンは思い人と会えたのだろうか。もしそうなら、彼の時間を奪ってしまって申し訳ない。けれど、最後の時間くらいは許してもらうことにしよう。

「アラン。さっきの話、聞こえてた?」

静かにうなずくと、グウィンの「そうか」という言葉が、ため息交じりに聞こえる。

「グウィン、ありがとう」

「え……」

グウィンはアランの言葉に戸惑いを隠さなかった。彼の珍しい反応に、アランは微笑みながら言葉を続けた。

「君が助けにきてくれて、ほっとした。もう会えないと思ってたから」

「礼なんて言うな。俺がもっと早く、アランを助け出せていれば……本当に、すまない」

グウィンが呻くように答えた。彼が謝る必要なんてない。アランは、肩を震わせるグウィンの手に手を重ねた。

「謝らないで。僕の方こそ、ごめんなさい。グウィンの邪魔になりたくないのに、君に置いていかれるような気がして、悲しかった……だから、あんな追い出し方……」

「いいんだ。もう、いいんだよ」

上手く呼吸ができない上に咳が苦しいけれど、ようやく胸のつかえが下りた気分だ。

グウィンが口枷ごしにアランの額に触れた。その仕草で、記憶が呼び起こされる。初めて体を重ねたあの夜、グウィンがしようとしたのはキスだったのではないか。

そんな都合のよすぎる想像を、アランはくすくすと笑った。

それを不思議に思ったのか、グウィンが眉根を寄せて不安そうな顔で尋ねてくる。

「アラン？」

「扉を蹴破って入ってきたときの君、かっこよかったよ」

アランがおどけた調子で言うと、グウィンは鼻をすりながらも、ようやく笑みをこぼしてくれた。

「言っただろ、もう君から逃げないって」

あの騒動の中でたしかにグウィンはそう言っていた。

「君の下に来た当初は、むやみに反発していただろう。アランに襲いかかったこと、俺がアルファであることを、責められている気がしたんだ。君がどんな気持ちで俺を叱ったのか、考えもしなかった。それが俺のためだと理解してからも、ずっと怖かった。積み上げてきたものをまた失うくらいなら、最初から自分の運の悪さを呪って、すべてを諦めていた方が楽だったから……」

あの頃のグウィンの態度は、そういう理由だったのか。絡まった糸がほどけていくように、グウィンの気持ちが理解できた。

「そういう自分の小賢しさを本当は心のどこかでわかってたけど、認めたくなかったんだ。でも、奪われたと思っていたものが残っていたり、新しく何かを得るたびに、やっぱり諦めたくないと思った。君が何度でも挑んできてくれたように」

「……グウィン……」

「アラン、俺が間違ってた。アルファだからってすべてを諦めるのは、死んでいるのと同じだ。失うのは怖いけど、もう逃げたりしない。君が教えてくれたことだ」

グウィンの真摯な告白を聞いて、アランははっとした。重たい瞼を上げ、グウィンの青灰色の瞳を見つめる。

「君の勝ちだ」

優しく細められた目とわずかに弧を描いた唇の形で、その表情は晴れればれとして見えた。グウィンが自分の力で歩き始めたからこそ、その言葉は真実であると感じた。

「あはは……！　やった……ようやく一勝だ」

切ない涙と、純粋な嬉しさがないまぜになる。千回を超える勝負の中で、ようやく掴んだ一勝だった。グウィンは優しくアランの手を包み込んだ。軽くぽんぽんと手の甲を叩く仕草が、アランの初めての勝利をたたえてくれているのだとわかる。

「ずっと聞きたかったんだけど、どうして勝負にこだわっていたの？」

「それは……」

　グウィンには好きな人がいるのに、死ぬ間際にこんなことを言い残すなんて、ずるいだろうか？

「君の隣にいても、恥ずかしくない人間に……対等に、なりたかった。グウィンは僕の憧れだから」

「対等に？　君と俺は対等だって、アランが言ってくれたんじゃないか」

　あんなにモテるのに、グウィンは少し他人の心に無頓着だ。この台詞も、アランの言いたいことはわかっているのに羞恥心を味わわせたいのかと疑いたくなる。

　十余年のあいだ隠していた、単純な言葉。この瞬間を夢見て、何度も頭の中で繰り返してきたのに、いざ言おうとなると緊張で声が震えた。

「勝負に勝って対等になれたら……君が好きだって言いたかったんだ」

　グウィンはようやく腑に落ちたようだった。ああ、と吐息が漏れ、言葉を染みこませるように瞑目する。

　昔のグウィンなら、アランの言葉の意味を理解できなかったかもしれない。

一度はすべてを失い、絶望を受け入れた。けれど、彼は『諦めたくない』と自分を奮い立たせることができた。暗闇に一筋の光明を見いだしたグウィンだからこそ、アランの思いをわかってくれたのだ。

「俺も君が好きだよ。子どもの頃からずっと」

「え……？」

今度はアランが目を丸くする番だった。驚きのあまり、苦痛も呼吸も忘れてし、グウィンの瞳を見つめ返す。こんな時に嘘をつくような人ではないのはアランが一番よくわかっていたけれど、それでも信じられない。

「だ、だって、グウィンには好きな人がいるんだろう？」

「ああ」

「手の届かない人だって言ってたじゃないか……」

「うん。君のことを言ったつもりだった。あの時は、これからもここにいたいって、君に言おうと……」

恥ずかしさでぶわっと顔が熱くなり、アランはベッドキルトにもぐりこみたくなった。グウィンに対してずっと抱いていた劣等感が、アランの目を曇らせていたのだ。これでは彼を責める資格などない。

手の届かない人だよ、とグウィンは言っていた。今になってその言葉の意味に理解が追いつく。アルファであるグウィンにとって、オメガのアランはたしかに、「手の届かない人」に相違ない。

想いが通じ合って、これは夢なのではないかと不思議な気分になる。

グウィンがアランの手を恭しく掲げ、そっと手の甲に口枷を触れさせた。彼に思いを寄せられているという実感がじわじわとわいてくる。

「君に拒まれるのが何より怖かった……もっと早く言えばよかったね」

「ふふ。グウィンでも、そんな風に思うことが、……っ」

腹の奥を引き絞られるような痛みが襲う。薬の効果が切れてきたのか、再び症状がぶり返してきたようだ。疼痛に加え、陸にいるのに溺れたようになる呼吸が、少しずつアランの恐怖をかき立てる。

もう時間はあまりない。

ようやく、グウィンに思いを伝えられたのに。

医者を呼びに行こうとしたグウィンを引き留めて、アランは苦しい息の合間に訴えた。

「なに？　アラン」

「グウィン、お願い……」

グウィンの瞳からは今にも涙があふれそうだったが、彼はそれを拭わなかった。アランの頬を壊れ物のようにそっと撫で、グウィンは次の言葉を待っている。

「僕のうなじを噛んで」

かすれた小さな声だったけれど、グウィンには聞こえたようだ。戸惑いの表情でグウィンが言葉を詰まらせた。

「だめだ……」

「わがままだってわかってるけど、噛んでほしいんだ」

グウィンがためらうのも理解できる。

アルファがオメガのうなじを噛むことで、両者にはさまざまな変化が起こる。噛まれたオメガのフェロモンは変質し、噛んだアルファにしか感じ取れなくなる。

アルファはたった一人のオメガのフェロモンにしか反応しなくなれば、第二性を隠して生きることができ、今よりマシな人生を歩めると考えている者もいる。現に、アランが貧民街でさまよっていた時に出会ったアルファやクレムはそうだった。

しかし、それは許されない。もしグウィンが無理矢理うなじを噛んだと思われれば、どんな罰を受けることになるのか。

アランの願いは、その罪をグウィンにかぶせることになる。エゴでしかないのだ。

「わがままだなんて思ってない。君がこれ以上苦しむのは嫌なんだ」

拒まれたものの、その理由はグウィンの優しさからだった。

うなじの柔らかい皮膚を噛まれれば、当然痛みが伴う。それに、今のアランの体には負担が大きすぎる。フェロモンの変質は刺激を与える行為なのだから、グウィンの懸念はもっともだった。

けれど、アランの考えは違う。

誰も肯定してくれないだろうが、これはアルファとオメガだけが結べる魂のつながりなのだとアランは思う。子どもの頃にグウィンが語ってくれたように、アラン自身も神話をこんな風に解釈した。

国産みの男神と狼姿の夜闇は、もしかしたらお互いに愛し合っていたのかもしれないと。

「お願い。番の証をもらえたら、きっと……寂しくないから」

すがるように精いっぱい手を伸ばした。手を取ったグウィンはしばらく黙っていたが、覚悟をしたように涙を拭い、一度うなずいた。

「グウィンに罪を背負わせることになるかもしれない。ごめん……」

「いいんだ、アラン」

心臓はあと何度、鼓動を鳴らしてくれるだろう。グウィンのものでいられる時間が、少しでも長くあればいいとアランは願った。

グウィンの口枷を外す。今までは口枷越しで感じていた誘惑香をまともに吸い込んだせいで、グウィンの呼吸は荒くなり、目つきが獰猛になる。

薬物のせいで暴走したフェロモン器官によって、誘惑香は通常の何倍も強く漂っている。いくら娼館でオメガのフェロモンに慣れていたとしても、普通なら一瞬で理性が失われるだろう。

だが、グウィンは必死に本能に抗っているように見えた。この暴力的とも言える香りのただ中にありながら、アランを傷つけまいと、自分の腕に爪を立てて自我を保とうとしている。嚙みしめた歯の隙間から細く長い息が漏れ、彼の凄絶な努力を物語っていた。

花祭りの時は緊張してグウィンの顔を見られなかったが、今は正面から彼の顔を見ることができる。

本能と理性の狭間で、グウィンの目からは新しい涙があふれていた。拭うそばから、長いまつげの上に小さな粒となっている。眉根を寄せ、唇を嚙んで嗚咽をこらえているグウィンの表情は、精悍で、けれどひどく脆い。悲壮でありながら誰よりも美しいとアランは思った。

これが最後に見る彼の表情かもしれない。グウィンの顔を目に焼き付けた。

グウィンは痛みに軋むアランの体をそっと横向きにし、背中からアランを抱きしめる。かきあげられたうなじに吐息が当たるのが少しくすぐったくて、アランはそわりと肩をすくめた。

肩に添えられた手から彼の熱が伝わってくる。アランはその手に自分の手を重ねた。

「噛むよ、アランロド」

「うん……」

あれだけためらっていたのに、アランがうなずいた直後、グウィンの歯列が強くアランのうなじにつきたてられた。

「うっ……！」

痛みはあるが、まだ足りない。グウィンの理性が、アランに痛みを与えることをまだ戸惑っているかのようだ。皮膚に跡が残る程度では、番の契りを結んだことにはならない。

「もっと、強く」

グウィンの荒い息と、熱い涙を肌に感じながら、アランは懇願するようにささやいた。うなじを噛む顎に、さらに力がこめられる。痛みが限界に達しようかという瞬間、それは訪れた。

「……あ、あっ……」

ぶつ、とグウィンの整った歯列がアランのうなじの皮膚をつき破る。それと同時に、今まで感じたことのない多幸感がアランを襲った。

淀んでいた血流が一気に駆け巡るように、アランの体は劇的な変化を迎えた。絶頂と同じくらい……いや、それ以上の歓喜と快感の奔流が、うなじから全身へと広がっていく。愛しい相手を狂おしく求める焦燥感が、強烈な安堵と交ざりあう、あらゆる言語をもってじんじんと疼くうなじの傷に、グウィンの濡れた唇が這い、アランは声を漏らしそうになった。

（これが、番の契り。やっと、やっと……僕は、グウィンのものになれた）

言葉のかわりに涙が次々と生まれる。

ほとんどのオメガは、第二性のない女性か、ベータの男性を伴侶に選ぶ。国の主と同じ性に誇りを持ち、神話を信仰する者が大半だ。

アルファと恋仲になる者などいないに等しい。そうして、出産適齢期を過ぎるまで「神の化身」であり続ける。求めるべき相手を求める、魂の声を無視しながら――。

はじめは、誰よりも愛するグウィンの第二性を暴き、彼を地獄に突き落とした自分の体が憎かった。オメガになんて生まれなければよかったと、何度も思った。

けれど、アランはようやく後悔から解放された。人生の最後に、グウィンの唯一の相手になれたことが何よりも嬉しい。

振り向くと、グウィンも恍惚の表情でアランを見つめていた。オメガの体が感じた幸福は、契りを交わしたアルファも同じらしい。

グウィンはゆるく開かれた唇を、アランの唇に重ねた。死の淵にあることも忘れ、夢中でお互いの舌の味を確かめあう。

して

ねだればグヴィンはいくらでもキスで応えてくれる。欲張りかなと思ったけれど、番になったのだからいいか、とアランは自分を少しだけ甘やかすことにした。

あのグヴィンの唯一の相手になれたのだと思うと、まだ信じられない気持ちだ。うなじの傷の疼きが、夢ではないと教えてくれる。

この夢のような心地にいつまでも浸っていたい。せめて、この心臓が動いている間だけは。

いつの間にか痛みは弱まり、かわりに眠気がとろとろと訪れた。瞼が重くなってきたのを感じて、アランは名残惜しく唇を離した。

「少し、眠るね……」

「……ああ。おやすみ、アランロド。愛してる」

閉じた瞼の上から、一度だけグヴィンの唇が降りてきた。

僕もだよ、と応えたのを最後に、深い眠りに誘われて、アランの意識は水底の澱のように沈んでいった。


頬をなでる暖かい光を感じ、続いて鳥のさえずる声が聞こえてくる。

死者の国にしては特徴のない場所だ。白い天井に窓もある。めまいが起きないよう、ゆっくりと上半身を起こす。

「生きてる……」

死に瀕していると言うには、あまりに意識がはっきりしている。手足の動きと何より呼吸が楽になり心臓の鼓動がはっきりと感じられた。

下腹部に張りがあり、体は少しだるかったが、昨日よりずいぶんとすっきりした気分だ。

部屋の中の誘惑香はもうわずかな名残しかない。注意深く息を吸い込めばわかる程度だ。アルファからの咬傷を受けたオメガの数少ない「症例」とほとんど一致するのがわかると、アランはほっと息をついた。

「……アラン……？」

かすれた声がした方に振り向くと、グウィンがいた。

泣き腫らして真っ赤になった鼻と瞼、隈ができて憔悴しきった目許。青みがかった長い黒髪は、櫛を入れていないのかくしゃくしゃだった。

グウィンは夢の中にいるかのように、アランに手を伸ばした。泡に触れるかのように、おそるおそる頬を指で撫でる。

「グウィン。もしかして、ずっと起きてたの？」

「俺なんかより、アラン……お、起きて大丈夫なのか」

「うん。少しだるいけど、調子いいみたい」

たっぷり睡眠をとった自分より、目の前にいるグウィンの方がぼろぼろだ。

立ち上がった拍子にベッドサイドにある小さなキャビネットにぶつかって「あいたっ」と声を上げ、よろけて壁に頭を打ち付けているグウィンなんて、生まれて初めて見た。ようやく落ち着いたかと思えば、グウィンはアランに動かないよう指示しながら、退室しようとした。

「ちょっと待っててくれ。いま人を呼んでくる」

「いいよ、どうせもうすぐ回診の時間でしょ。点滴も終わりそうだし」

最後まで言い終わる前に、駆け寄ってきたグウィンに、痛いほどに抱きしめられた。

「夢じゃないんだよな？　夢なら、目覚めてすぐに死んでやる……」

「もう、物騒だなあ」

グウィンのあまりにやけっぱちな発言に、アランは思わずふきだした。声を震わせ、時にすすりあげながら、アランの存在を確かめるように抱きしめてくるグウィンが愛おしくてたまらない。

よしよしとあやすようにグウィンの頭を撫でていると、グウィンはアランの肩口に額をこすりつけた。今まで、グウィンに甘えることはあっても甘えられたのは初めてのことだった。完全無比な彼が、自分には弱みを見せてくれることに、アランは密かに嬉しくなった。

　包みこんでくれる彼の体温が気持ちいい。睦みあっていると、担当医や看護師がばたばたと病室に駆け込んできた。ひとまずグウィンは引き剥がされ、アランの診察が行われた。

　体のあちこちを念入りに検査され、担当医は信じられないという表情を隠さなかった。

「おそらく、としか言いようがないのですが……。しばらく安静が必要ですが、このまま炎症が治まって歩けるようになれば、退院できると思います」

　担当医はアランのうなじにある傷を見て、静かに告げる。

「……グウィディオン。君が、番の契りを？」

「そうです」

　グウィンに向けられる皆の目がやや険しくなったことに気づいて、アランは慌てて口を挟んだ。

「噛んでほしいと頼んだのは、僕なんです。全部、僕の望んだことです」

「フェネリー先生、あなたが？　なぜです？　正気とは思えない。あなたが亡くなった後、グウィディオンが罪を問われるとは考えなかったのですか？」

　担当医が怒りのまなざしをアランに向ける。穏やかな初老の男性という最初の印象から一転、厳しい態度を向けられて、アランはびくりと身をすくめる。

確かにアランの要求は軽率だったと言われても仕方がない。最悪の状況になったとき、罪に問われるのはグウィンだ。

けれど……グウィンの名誉のために怒りを露わにしてくれる人がいることに、アランの心は温かくなった。

アランは瞑目して担当医に頭を下げ、心から謝罪した。

「軽率でした。申し訳ないです」

「先生、俺は納得の上です。アランが謝る必要はない」

「グウィディオン、君も君だ。オメガのうなじを噛んだアルファがどうなるか、君は嫌と言うほど知っているはずだ。その上、もし相手が亡くなったとなれば……真実がどうであろうと、生きて牢獄から出ることができなかったかもしれないんだぞ」

厳しい口調でそう喝破されて、グウィンも返す言葉がなく、うつむいた。

お互いにかばいあう二人を見て、担当医は半ばあきれたようなため息をついた。

「まったく……ご自分の体とはいえ、博打が過ぎます。急変してもおかしくなかったんですよ」

「ご、ごめんなさい」

「いいですか、炎症がおさまっても腹水や胸水が改善するまでは安静です。食べ物も、病院で出す治療食以外は口にしてはいけません。服薬も指示を守ること。それから……」

担当医の指導は、アランがオメガであるにもかかわらずまったく容赦がない。オメガである前に、アランは患者なのだから当然だ。アランは深く反省した。

小言の合間にグウィンをちらりと見ると、グウィンも叱られた子どものようにしゅんとしている。アランの視線に気づくとばつが悪そうにしていたが、繋いだ手をきゅっと握って応えてくれた。アランもまた、それに応える。もうどこにもいかないよ、と確かめあうように。

ようやく説教から解放されて、グウィンと二人きりになった。ついさっきまでは、浮かれて幸せな気分だったたが、あらためて考えるととんでもないことをグウィンに要求してしまった気がする。アランは食事を用意するグウィンにおずおずと尋ねた。

「グウィン。うなじを噛んでって言ったこと……やっぱり迷惑だった？」

「まさか。どうして？」

「最初に『噛んで』って言った時は断られたから……」

「嫌なわけがないよ。本当は……噛みたかった。でもあの時はお互い冷静じゃなかったし」

オメガがうなじを噛まれたいと望むのも、アルファが噛みたいと望むのも、第二性の本能だ。本心ではないと思われて当然かもしれない。

グウィンの職業柄、性交中に「うなじを噛んで」と言い出すオメガにはそれなりに遭遇してきたのだろう。だが、グウィンは恥ずかしそうにうつむいていた。

「結局、俺に覚悟がなかったから」

「何の覚悟?」

「君を不幸にする覚悟」

グウィンの言葉で、いやでも自分たちの関係の不完全さを思い知る。お互いが同意していても、どんなに心が通じ合っていても、アルファとオメガが結ばれることは、現在の世情では難しいだろう。

「僕は君と一緒だったら、不幸でも構わないのに」

「……アランなら、そう言ってくれるだろうと思ってた。でも、あの時は君の言葉にきっと甘えてしまっただろうから。今は、俺以外に君を不幸にする奴がいたら、許せないけどね」

「君を不幸にする」などと物騒な宣言をしているグウィンがおかしくて、アランはくすくすと笑った。

「アラン。こんな時だけど、大事な話だから聞いてほしい。クレムは逮捕されたよ。クレムはオメガを噛むたびに名を変えて、ベータの居住区と、貧民街を行き来していたらしい。俺は貧民街のアルファたちに聞き込みをして足取りを追っていたけど、奴に噛まれて自ら命を絶ったオメガの遺書が決め手になった。他にも、被害を受けたオメガがいないか調査中だ。君の証言も必要になるかもしれないが、まずは治療してからだな」

「グウィンは、いつクレムの正体に気づいたの？」

実はずっと気になっていた。アランだけでなく、周囲の人間を全員だましおおせていた外面のいいクレムをグウィンはどうして疑ったのか。彼は恥ずかしそうに「幻滅しないでくれよ」と前置きして、ぼそぼそと語り始めた。

「君にふさわしい男じゃなければ納得できないと思って……いや、違うな。単なる醜い嫉妬。徹底的にあら探しして、君に『あんな奴絶対にやめろ』って言うつもりだった」

意外すぎる理由にアランは目をしばたいた。嫉妬なんて、グウィンと最も縁遠そうな感情なのに。グウィンがそんな風に思っていたなんて。

「グウィンって、嫉妬とかするんだ」

「するさ。君が俺以外の男に涙を見せて肩まで借りるなんて、眠れないくらい悔しかったから」

「そ、そっか……」

むすっとするグウィンがなぜか可愛くて仕方ない。アランは勝手に口角が上がってしまうのをベッドキルトで隠した。

自分だけがグウィンに執着しているとばかり思っていた。こんなふうに彼の独占欲を一心に浴びるなんて、青天《せいてん》の霹靂《へきれき》だ。嬉しいのと同じくらい恥ずかしくなって、まともにグウィンの顔を見られない。

「僕、子どもの頃から君のあとをついて回ってばかりだったから……グウィンがそんなふうに思ってるなんて意外だよ」

グウィンから目を逸らし、もごもごとつぶやく。ちら、と横目でグウィンを見ると、彼は続きを促すように、小首をかしげて微笑んだ。

「自分で言うのもなんだけど、あの頃の僕って本当にいいところなかったし、僕の方が先にグウィンを好きになったと思うんだよね」

昔の自分には苦い思い出ばかりだ。なぜグウィンがアランをずっと気にかけてくれたのか今までも不思議でしかたない。

アランのそんな疑問に、グウィンがすかさず言い返してきた。

「いや、絶対俺の方が先に好きになった」

あまりにきっぱりと言い放つので、二の句がつげない。

「あの頃のアランは、すごく素直で……空から落っこちてきた天使みたいだったよ」

グウィンは微笑みを浮かべながらそんなことを言ってのけた。アランからしてみれば、嫉妬よりもその台詞のほうがよっぽど恥ずかしいと思うのだが……。

あの頃に比べれば、劣等感は薄れてきたので、その喩えも素直に受け取れる。とはいえ、いじける癖と張り合いたい癖は、まだ完全に抜けきってはいない。

「素直じゃない僕は、好きじゃない？」

「まさか」

グウィンはベッドに近づいてきてひざまずいた。掛け値なしの美丈夫に上目遣いで見つめられるのは本当に目の毒だ。本人は何の気なしにやっていることだろうが、アランの心臓はどきどきとせわしなく鳴る。

「素直なアランも、そうじゃないアランも好き。君が思ってるよりずっとね」

「僕の方がグウィンのことを好きだよ」

「いや、俺の方がアランを愛してる」

グウィンは真剣な顔でそう主張する。入室した配膳係が顔を赤らめながら咳払いをしていたが気にする余裕はない。グウィンの一歩も引かない態度に、アランはむきになった。

「そんなに言うなら、勝負だ！」

数ヶ月後。

アランは久しぶりに白衣を用意した。週明けから、フェネリー診療所の再スタートだ。グウィンが事件の調査後から掃除や管理をしていてくれたものの、再起には準備期間がいくらあっても足りないくらいだった。

本当に、めまぐるしい日々だった。

権威ある聖スタニスラス大学病院で、オメガ相手に医療過誤など許されないとばかりに、入院生活はとにかく「窮屈」の一言だった。

心配していたグウィンの処遇だが、聖スタニスラスの医師やアラン自身の証言によって、お咎めなしとなった。

入院中、監視が厳しかったのは、部外者からグウィンを守るためでもあった。一時は、根も葉もない噂や醜聞がいくらでもわいてきたのだ。

脅されて禁忌である番の契りを交わしたオメガだとか、聖スタニスラスの医師を籠絡《ろうらく》して懲罰を逃れたアルファだとか……。

けれど、他ならぬ聖スタニスラス大学病院が一丸となってグウィンの安全と献身を証明してくれた。そのおかげで、周囲に心配されながらも、アランはもう一度ここに帰ることができたというわけだ。

(大変だったのは、そこからだけどね……)

アランの両親から継いだ診療所で、グウィンともう一度一緒に働きたかった。グウィンも同じ思いで、二人で頭を下げたのだ。惜しまれたものの、恩師は快く受け入れてくれた。アランの療養期間中に休職していた看護師や助手、家政婦たちを呼び戻したり、新しく雇ったりしているうちに、慌ただしく日々は過ぎていった。

「アラン」

　自室の扉がノックされ、グウィンが入ってきた。

「とうとう来週だね。心の準備はできた？」

「うん。わくわくするよ」

「たくさん頑張ったものね。今日までお疲れさま」

「グウィンのおかげだよ。ありがとう」

　グウィンがアランに近づいて、うなじの傷跡をそっと撫でた。番の証だ。スカーフや包帯で隠していないので、後ろから見れば噛まれたことが一目瞭然だ。

「ここは、隠さないの？」

「大事なものだから」

　もうすっかり肉が盛り上がって、つるつるしている傷跡を、アランはグウィンの指ごと愛おしく包んだ。

　準備が忙しかったこと、サファロンによってフェロモンに異常が起きたこともあって、互いになんとなく性的な接触は避けていた。

　久々に彼の体温を感じて、アランまで胸が温かくなる。

「…………っ」

　グウィンに触れられたのが引き金になったのか、だんだんと体が火照ってきた。

朝からなんとなくその気配を感じていたが、グウィンに触れられてから、予感が確信に変わった。昼間よりもフェロモンの香りが強く漂っている。

ヒートだ。

薬によって強制的に引き起こされた発情ではなく、周期的なものだ。薬の後遺症の心配が晴れたことは喜ぶべきだが、番の契りを交わして以来初めてのヒートに、アランはもうそれどころではなくなった。

腹の奥底が番となった相手を強く求めている。アランは自ら、グウィンの胸許へ倒れ込むように体を寄せた。

グウィンは口枷を外しながらふらつくアランの腰を支える。欲望に濡れる声音を隠さず、アランの耳に唇を押しつけて囁く。

「朝からずっと香っていたよ。口枷をしなかったら、途中で君をさらっていたかも」

「本当に……君以外にはわからないんだね」

こんなに強く馥郁《ふくいく》と香っているのに、準備を手伝ってくれた看護師の誰からも指摘されなかった。今までは「神秘の香り」だなんて表現を、生理現象に対して大仰だと持て余していた。なのに、グウィンにしかわからない香りだと思うと、そう呼ぶのもやぶさかではないと感じてしまう。不思議な気分だ。

この数ヶ月間、ほとんど彼に触れられなくて、本当は寂しかった。

口枷の下から現れるグウィンの素顔は、相変わらず見とれてしまうほど美しい。

「グウィン……」

「大丈夫。みんな家に帰った頃だ」

アランの言わんとする言葉を待たず、グウィンが唇を重ねる。キスも久しぶりだった。彼らしくない性急な口づけが何度も降ってくる。恥ずかしいけれど嬉しくて、アランもそれに応えた。

お互い息を荒げながらベッドになだれ込んだ。グウィンは乱暴に衣服を脱ぎ去る。わずらわしいとばかりに、アランの上着も脱がせにかかる。唇は合わせたままで、アランは瞬く間に上気した肌をさらすことになった。

アランの後頭部を支えるグウィンの手が、金色の巻き毛をかき乱す。もう二人を阻む枷はない。当たり前のはずのことが、どうしようもなく嬉しい。

グウィンも同じように思ってくれているだろうか、とアランはとろけた頭で考えた。

甘えるように唇を押しつけたかと思えば、こんどは甘噛みしたり、唇の凹凸を探るように音を立てて吸い上げてみたり。思いつく限りの触れ方をされて、心地よさで身体の力が抜けていく。

「アランロド。なるべく君に負担のないようにする。……君の奥に触れてもいいか」

「いいよ。いいから、来て……」

アランを組み敷いたグウィンは、どんな表情も見逃すまいと視線を逸らさず身体に触れていく。

皮膚の薄いところにグウィンの指が触れるたび、くすぐったさと、その奥にある官能の火がちらつく。

前がきつい。アランはベルトを外し、スラックスのフロントをくつろげた。アランの青白い肌の上で、性器だけが濃い色をしているのが目立って少し恥ずかしい。そんな気持ちとは裏腹に、アランの後孔はもうすっかりその気になっていた。オメガの寄宿学校では、こういうときこそ「貞淑さを忘れず優雅に」なんて習ったけれど、正直すぎる身体の反応のせいで、しおらしくなどできるわけがない。

無理に決まっている。何せ、十年以上も待ち続け、ようやく心を通わせた相手が目の前にいるのだから。

薬を盛られるまでもなく、こぼれた愛液が太ももや下着を濡らした。グウィンに見られていると思うと、羞恥で身体が燃えそうだ。

少し痛みを感じる強さで首筋を吸われる。おとがい、喉仏、鎖骨のくぼみと、弱い場所へ向かっていく口づけに、アランはぞくぞくと震え、期待に胸を高鳴らせた。

「ひっ、あ……っ」

唇が胸の頂に触れて、くすぐったい。思わず漏らしてしまった声に驚いて、アランは片手で口をふさいだ。

その反応を見逃すはずもなく、グウィンはピンと尖ったそこをわざと歯に引っかけたり、舌先で転がしたりと意地悪にふるまう。始めはくすぐったいだけだったのに、しつこくねぶり続けられると、ぴりぴりと小さな電流が走るようになった。それは次第に、甘い痺れに変わっていく。グウィンのきれいな黒髪をかき乱しながら、アランはすすり泣くように喘いだ。

片方への甘い責め苦が終わったかと思えば、反対側へ。しかも、とろとろと涙をこぼしているアランの分身をゆるゆるとしごきながらされるのだから、アランは今度こそ声を抑えられなくなった。

「あっ、あぁ……グウィン、それ、だめっ」

「だめ？　どうしてもダメならやめるよ」

「や……やめないで」

「仰せのままに」

言っていることがめちゃくちゃなのに、グウィンはくすっと笑って、アランの要望を叶えてくれる。それどころか、アランのわがままに従うことを、喜んでさえいるようだった。

グウィンの唇が固くなった粒を食むように摘まむ。熱く軟らかい舌や唇が胸の上を這い、アランの体温と混じって、そこから溶けてしまいそうだ。

ぷっくりと充血した粒を、きつく吸われたり、やわやわと噛まれて、腰が跳ねる。気持ちよくてたまらない。アランの中心はもう痛いほどに張り詰めている。

「口枷がないって、いいね。アランをいっぱい気持ち良くしてあげられる……」

「うあ、あぁ……っ」

グウィンが、アランの胸に唇を寄せたまま嬉しそうにつぶやく。たっぷりとアランの胸をいじめた後、彼はようやく唇を離した。

少し痛いくらいの刺激に、体中が恥ずかしいほど敏感になる。グウィンの絶妙な力加減に翻弄されて、アランはさんざん喘いでしまった。空気に触れただけでじんじんと疼く余韻にくったりと脱力しながらも、グウィンの舌から伝う銀糸が夢に見そうなほどいやらしくて、アランは目が離せない。

次は何をされるのだろう。不安よりも、早くグウィンに食べ尽くされたいと、不思議な欲求が下腹から沸き起こる。

「可愛いよ、アラン」

みぞおち、肋にキスをしながら、少しずつ体を下にずらして、グウィンがこちらを見上げる。アランを黒眼で捉えたまま、固く膨らんだ性器を指でつっとなぞり、頬ずりする。

アランだけに見せるグウィンの媚態に、心臓が高鳴った。

「んくっ……」

ふっと息を吹きかけられ、予想外の刺激に驚く。グウィンはアランの反応を確かめながら、性器に唇を近づける。これから彼が何をしようとしているのか、おぼろげながら予想がついたアランは、いやいやと首を振って訴えた。

「だ、めっ」

その言葉が意味をなさないのを、グウィンもアランもわかっている。グウィンはアランの性器をためらうことなく口に含んだ。

刺激を与えられ続け、最も敏感になっている場所が温かい粘膜に包まれる。その上、グウィンの舌で撫でられながら強く吸われれば、数分も保たない。あっけなくグウィンの口の中で達し、アランはびくびくと体を震わせた。

グウィンはアランの放ったものをそのまま受け止め、ごくりと飲み下してみせた。その扇情的な光景に目を奪われてしまう。

アランの体から出たものがグウィンの胃に落ちて、彼の体の一部になる――言葉にできない愉悦に支配される。

ヒートの間、オメガは、射精をしただけでは欲求が満たされない。満たされるには、その身に子種を注がれる必要がある。

グウィンは、舌で口の端の残滓を舐めとると、香油を取り出してたっぷりと指にまとわせた。

「あの時以来だな。君が、目の前で指を……」

「そ、そんな恥ずかしい話やめてよ」

「あれ以降、一人でしてた？」

「してない……あれは、ヒートが来たときだけで……。あ、でも」

監禁されたときのことがよぎったが、言いたくない。あの時何があったのか、現場を見ているグウィンは察しているだろうが、グウィンではない誰かに触れられたことを言うのははばかられた。

「でも、何？」

アランの後ろめたさに気づいたのか、とがめるように先を促される。隠し事をされて、むきになっているようだ。

「い、言わない」

「……そう」

それ以上追求されないことにほっとしたのもつかの間、腰をぐいっと持ち上げられる。

「えっ⁉」

秘所を大きくさらされ、グウィンに抗議しようとしたが、彼のむすっとした顔が少しかわいくて、アランは口をつぐんでしまった。

「言わなくたっていい。アランが誰にも言えない秘密を塗りかえてあげる」

「ま、待って」

アランの制止を無視して、溶けそうなほど熱い舌が、後孔にぬるりと侵入した。神経が集まるその場所は、初めての刺激を余すところなく拾い、アランはびくびくと腰を跳ねさせた。

「ひっ……！　ああぁっ……待って、も、やだ、それだめっ、とまって、グウィン」

口では拒んでいるのに、体は番に与えられる快楽に喜んでいた。グウィンに嫉妬されていることすら喜びになる自分が恥ずかしい。きっと、すべてヒートのせいだ。

ようやく舌が離れていったかと思えば、今度はうつ伏せにされる。先ほどまで舐められていた場所に、指がゆっくりと差し込まれた。驚いてグウィンの指をきゅっきゅっと締めつけてしまい、内股が震え、つま先がぎゅうっと丸まる。

浅いところを指で撫でられ、快感が高まってくる。控えめな刺激に慣れてきたところで上からぎゅうっと長く圧迫された。途切れない快感に息が上がり、アランは喘いだ。

「言う気になった？」

「ご、ごめんなさっ……いう、いいます」

愛液をとめどなくこぼしながら、アランは哀願するように枕に頭をこすりつけた。

「クレムが、薬、……ここ、に」

「それで?」

「お、お尻、いっぱい、たたかれたっ……」

グウィンのことだから、これを不貞だとは思わないはずだ。アランにとって不本意なことだったと理解してくれるはず。けれど、グウィンは噛みしめた歯の間から、うなるような吐息をもらした。

「指は?」

「いっ、入れら、れた……」

「他には?」

アランは必死に首を横に振る。グウィンの声音には非難が混じっているわけではなかったが、怒りと焦りがにじんでいるような気がした。

指がゆっくりと抜き差しされ、アランの声に媚びるような響きが混じり始める。穴の縁をこするようにぐるりとかき混ぜられるにつれ、ぞくぞくと快感が高まり、アランはもじもじと膝をこすり合わせた。指が増やされて、浅い場所にあるしこりをトントンと押されると、それ以上耐えられず、アランはびくびくと体をけいれんさせながら達した。

香油も、唾液も愛液も、どろどろに混ざり合い、アランの後孔はひくひくと雄を誘う。

「グウィン、は、はやく」

塗りかえて。

吐息のようなアランの言葉が聞こえたのか、十分にほぐれたそこへグウィンの切っ先があてがわれた。

「くっ……、うぅ……！　あぁぁっ！」

腰を押し進められると、アランの蜜壷は最も大きい傘の部分を苦もなく呑み込んだ。アランの華奢な体をグウィンの剛直が貫いていく。

「あっ……あ、……グウィンの、大きいっ……」

「ごめん、なるべく優しくする……っ」

腹の奥が苦しい。アランの最奥には雄根の先端が到達し、その先をこじ開けようとしている。

かと思えば、グウィンの性器がくびれのあたりまでずるりと引き抜かれ、再びゆっくりと根元まで埋められる。グウィンのものは苦痛を感じてもおかしくない大きさなのに、気づけばアランは高い声で鳴いていた。

初めてグウィンとした時は、ノットまで入らないよう配慮してくれた。しかし、今はグウィンの欲望のまま、根元まで性器が突き立てられ、最も深い場所を征服されている。

筋肉の薄いアランの尻肉に、グウィンの腰骨がつんと当たり、肌が合わさるたびに高い音が鳴る。

「あぁあっ！」

グウィンはアランの背中から覆い被さり、アランの手の上からぎゅっと指を絡めた。傷つけないように、けれど、決して逃げられないように。グウィンの嫉妬と独占欲に絡め取られている実感は不思議と安心する。これから先、何があってもグウィンが自分から離れないと刻み込まれているようで、アランは陶然とした。

これが、番のみに許された悦び。飽きるどころか、肌を重ねるたびに高まっていく興奮が、アランを快感の高みへと導いていく。

「痛くない？」

夢中で何度もうなずいた。背後で息が弾み、律動が激しくなる。

グウィンの猛りが深くねじ込まれて、快感のほとばしる箇所をくまなくこすられる。腰に指の跡がつくくらい強く掴まれ、深く穿たれているのに苦痛はない。

背後から手が伸びてきて、アランの顔はグウィンへと向けさせられた。

「アラン、キスしたい……」

だらしなく開いた口からこぼれる唾液をすすられ、歯の根元を分厚い舌に舐め回されると、アランの頭の中はとろとろに溶けそうになる。グウィンの雄の徴をきゅうっと締めつけてしまう。

グウィンは飽きもせずアランの小さいもちもちとした尻をわしづかみにして、貪欲に官能の巣を探し当てる。強すぎる快感から這って逃げようとすると引き戻され、さらに強く

抱きすくめられる。

「逃げないで、アランロド。もっと君を味わわせて」

「やぅ……待っ、てぇ、ああ……！」

体を軽々と抱え上げられ、グウィンの膝に座らされるような格好になり、重力に従ってアランはグウィンの熱の塊を受け入れることになった。背後から抱きしめられ、逃げ場のないほど尻とグウィンの太ももがぴったりと密着し、そのまま腹の奥を潰されるように下から突き上げられる。

受け止めきれない快感によって、アランの視界にはぱちぱちと火花が散った。吐き出された白蜜が、頬や顎を汚す。余韻はまだ醒めやらず、犬のように舌を突き出してしまう。

「ひ、いぃ……っ」

また達してしまいそうなのに、アランは再びグウィンの腰に突き上げられた。

後ろから羽交い締めにされている上、自重で逃げることなどできず、優しく、けれど執拗に、ただ快感だけを与えられる。なさけないあえぎで喉が潰れそうだったが、こらえることもできない。

耳にグウィンが絶頂をこらえているような吐息がかかり、アランの背中はぞくぞくと歓喜に震えた。言葉にしていなくても、孕ませたいという欲望がグウィンの全身から発露している。

もっと執着してほしい。逃げられないほどがんじがらめにしてほしい。番の執着は、オメガにもアルファにも等しく表れるのだと思い知る。こんなに欲深くなっても、グウィンがきっと応えてくれると思うと、自然と言葉がこぼれる。

「グウィディオン、あっ、愛してる……」

「俺も、愛してる。アランロド」

グウィンのたくましい雄根の基部がふくらみ、秘蕾を押し拡げていく。絶頂が近い。汗みずくの背中に、グウィンの体温を感じる。振り返るとすぐそこにグウィンの顔があった。眉を切なげに寄せた表情が可愛くて、慰めるように唇を寄せる。

一度目の、気持ちが通じ合わないままでのセックスの時には言えなかった言葉だ。もう何のしがらみもなく愛を伝えられる感動に、自然と涙がこぼれる。

とどめのようにうなじをぞろっと舐めあげられる刺激にアランは果てた。

そのあとすぐに、グウィンの屹立が脈打ち、アランの腹の奥に熱い奔流が注ぎ込まれる。ぴったりと密着した腰をさらにぐりぐりと押しつけられ、かきまぜられるような動きに震える。どこに残っていたのかと思うほどの精が酒の泡のようにとろとろとこぼれていく。

うなじをやわやわと噛まれながら、胸の尖りを指の腹でこすられ、再びアランの欲望が頭をもたげる。

グウィンの射精が続くなか、アランは体をひねって、もう一度、番の愛をねだった。

「グウィン、もっと、して……」

グウィンは目を瞬かせていたが、すぐにアランの願いを受け入れる。アランの胎内を満たすグウィンのものが再び勢いを取り戻すのを感じた。

「もっと、ね。何度だってできそうだ」

低くかすれた声が甘く響き、アランの耳をくすぐる。

注意深く体位を変え、二人は抱き合う格好になる。唇を深く重ね、舌を求め合いながら、ゆっくりと抽送が再開された。

二人の蜜月はまだ始まったばかりだ。

■あとがき■

初めまして、羽生橋はせをと申します。

この度は拙著をお手に取っていただきありがとうございます。

第十九回小説ショコラ新人賞にて光栄なことに佳作をいただき、デビュー作として今作を書き下ろす運びとなりました。

カースト逆転のアイデアは、初めてオメガバースを書いた時からあり、オメガバースにおけるカースト概念を打ち消すアプローチを色々試しているうちに生まれました。第二性の知識が失われて数百年経過したディストピアを作ってみたり、オメガもアルファも同様に差別されるポストアポカリプスを舞台にしてみたり。

企画を提案して、今作を書くことになったのが二〇二二年の年末でしたが、アイデアが浮かんだのは更に二年ほど前です。ずっと温め続けていたアイデアを書かせていただけたのが嬉しかったです。

オメガバースといえば、不遇で可哀想なオメガがエリートなアルファに囲われるのが醍醐味。ですが、私が心惹かれるのはどちらかというと、受のためにボロボロになってくれる攻、受のためなら泥水をすすっても耐える攻でした。ある意味、金や権力よりファンタジーな気がしますが、ずっと書きたかった「カースト逆転オメガバース」という概念にとてもしっくりくる人物像だと思っています。

「逆転」が一つのテーマなので、優等生のグウィンが転落し、また這い上がってくるのを書くのが楽しかったです。一番楽しかったのは再会してすぐの辺りと、アランの勝利を告げるところですね。

アランはひ弱なのに頑固なキャラで、読んでくださる方に好いてもらえるのかギリギリなラインですが、自分では気に入っています。地団駄を踏んで悔しがるところが可愛いです。

私はキャラクターを設定するのが苦手で、それゆえに物語が迷走することも多かったのですが、迷子になるたび担当様に軌道修正していただき、なんとか書ききることができました。根気強く丁寧にご指導くださった担当編集O様、ありがとうございました。

イラストは羽純ハナ先生にお願いしました。ショコラ文庫ではお初ということで、初めての機会をご一緒できて大変光栄です。ラフを拝見した時、設定にはなかったアランのそばかすが描かれていて、本当に可愛くて感動しました。君はそういう顔だったのか！　と、不思議な体験でした。大変美麗なイラストで彼らに命を吹き込んでくださり、ありがとうございました。

また、私の頭の中にしかなかったものを世に出すために関わってくださったすべての皆様、支えてくれた家族、友人にも心から感謝を伝えたいです。

そして本作を手に取ってくださった読者様、本当にありがとうございます。またどこかでお会いできたら嬉しいです。今度は「オメガのフェロモンを嗅ぐとアルファが踊り出してしまう」とか、「二目と見られぬ醜いオメガと運命の番だったアルファの王子」とか、そんなオメガバースはどうでしょうか。

令和六年四月　羽生橋はせを

初出
「麗しのオメガと卑しいアルファ ～カースト逆転オメガバース～」書き下ろし

CHOCOLAT BUNKO

この本を読んでのご意見、ご感想をお寄せ下さい。
作者への手紙もお待ちしております。

ショコラ公式サイト内のWEBアンケートからも
お送りいただけます。
http://www.chocolat-novels.com/wp_book/bunkoenq/

麗しのオメガと卑しいアルファ
～カースト逆転オメガバース～

2024年4月20日　第1刷

著　者:羽生橋はせを
発行者:林 高弘
発行所:株式会社　心交社
〒171-0014　東京都豊島区池袋2-41-6
第一シャンボールビル 7階
(編集)03-3980-6337 (営業)03-3959-6169
http://www.chocolat_novels.com/
印刷所:図書印刷 株式会社

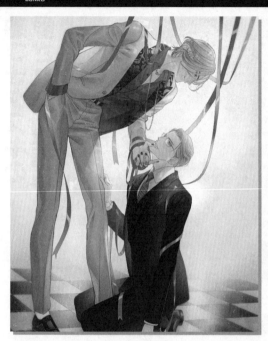

初恋王子の波乱だらけの結婚生活

名倉和希

イラスト・街子マドカ

私が守ります。
あなたのそばから離れません。

政略結婚から始まった領主フレデリックと第十二王子フィンレイの夫妻は、領地で三度目の春を迎える。フレデリックは昨年の夫婦喧嘩を反省し、十歳以上も年下のフィンレイを子供扱いせず、嫉妬も抑えて良い夫になるべく頑張っていた。大切にしてくれる夫と甥っ子たちが愛しくて幸せなフィンレイだったが、領内では物騒な事件が次々に起こる。どうやらまたフレデリックの身に危険が迫っているようで……。

人魚王子の花嫁に選ばれましたが困ります

水杜サトル
イラスト・日塔てい

歩の身体にはもっと気持ちよくなる場所があるのを教えてやる

カフェを一人で営む歩は、「3ヶ月以内に婚姻しなければ世継が産まれない」と占われ花嫁探しにやってきた、自称・人魚の国の王太子エドヴァルドに突然求婚される。歩は人魚の血を引く男性体の「牝」で、そのフェロモンに惹かれたらしい。そっけなくしても諦めず口説かれ、恋愛経験のない歩が対応に困っていたある日、急に発情期が訪れる。歩は本能のままにエドヴァルドを求め、甘い快感に蕩かされてしまい…。